Inhalt

EINS
MITTE JULI –
MITTE AUGUST

Sonntag, 18. Juli

Hallo Stefan,

Es ist merkwürdig, dir zu schreiben. Wer schreibt schon seinem eigenen Bruder einen Brief? Ich sehe dich jeden Tag. Ich kenne dich mein ganzes Leben lang. Schon elf Jahre! Papa und Mama kenne ich natürlich auch seit immer, aber das ist anders. Ich bin nicht ihr Bruder. Und ihre Namen habe ich nicht als Erstes gesagt.

Bist du darauf nicht stolz? Dass mein allererstes Wort nicht „Mama" oder „Papa" war, sondern dein Name. Na ja … dein Name … Mama meint zwar, es hat sich eher wie „Hee-han" als wie „Stefan" angehört, aber doch: für ein Baby eine ziemliche Leistung.

Wir sind Brüder. Das ist kein Geheimnis. Selbst wenn wir wollten, könnten wir es nicht verheimlichen. Aber das wollen wir auch nicht. Oder?

Du fragst dich vielleicht, wo ich bin. Das will ich dir erzählen: bei Oma. Oma Bos. Papa und Mama haben mich gestern in aller Frühe hierhergebracht. Warum, weiß ich nicht.

Ich wollte zeitig aufstehen, weil ich mich schon die ganze Woche auf den Samstag gefreut hatte. Endlich Sommerferien! Für mich jedenfalls, denn du hast schon seit zwei Wochen schulfrei. Ich wollte zusammen mit dir Pläne schmieden. Und ich wollte ans Wasser. Schön zusammen mit dir schwimmen und Schlauchboot fahren. Aber Mama hat mich noch vor dem Wecker geweckt. Im Dunkeln stand sie da und stopfte Papas Sporttasche mit meinen Anziehsachen voll. Als ich sie fragte, warum sie das tat, sagte sie, ich solle leise sein. Du lägst noch im Bett und ich dürfte dich nicht aufwecken. Und in dein Zimmer kommen durfte ich auch nicht. Deine Tür war verschlossen.

Mama zog mich aus meinem Bett. Sie trug eine Sonnenbrille! Sie nahm mich an der Hand. Alles ging sehr schnell. Zu duschen brauchte ich nicht. Einmal mit dem kalten Waschlappen übers Gesicht war genug. Und frühstücken würden wir später, sagte sie.

Unten schmierte Papa Brötchen mit Erdnussbutter und packte sie in eine Tüte. Mama schob mich in den Flur, holte noch einige Sachen aus dem Wohnzimmer, und bevor ich wusste, wie, standen wir schon beim Auto.

Es war sehr still auf der Straße.

„Kommt Stefan nicht mit?“, fragte ich.

Mama war zu sehr damit beschäftigt, die Sachen im Auto zu verstauen. Papa schaute mich an und sagte nichts. Seine Augen waren röter als sonst. Hatte er geweint?

Also setzte ich mich nach hinten. Allein.

Papa ließ den Motor an und wir fuhren zur Straße hinaus. Es war schon warm draußen und Papa öffnete sein Seitenfenster. Eine Brise wehte ins Auto. Ich fragte, wohin wir fuhren. Mama drehte sich um und schaute mit einer kläglichen Miene an ihrer Kopfstütze vorbei. Sie antwortete, ich würde eine Weile bei Oma Bos bleiben. Ich fragte sofort, wann du kämst. Mama sagte, darüber würden wir uns später unterhalten.

Da saß ich also ganz allein hinten im Auto. Die Sonne schien mir in die Augen. Das hier war der Anfang unserer Sommerferien. Aber ich fühlte mich merkwürdig. Es war, als würde ein fremdes, wildes Tier in meinen Nabel kriechen, sich unten in meinen Bauch legen und dort Gestank verbreiten.

Mama gab mir ein Brötchen, noch immer mit diesem Gesicht, als hätte sie gerade einen kleinen Welpen einschläfern lassen. Ich wollte fragen, warum ich zu Oma Bos musste und ob Papa und Mama auch dort blieben und wo du dann wärst. Aber ich traute mich nicht. Bestimmt denkst du jetzt: Wieso nicht, du Waschlappen? Das will ich dir schreiben: Im Auto hing eine eigenartige Spannung. Ganz so, als würde ein falsches Wort von mir ein Donnerwetter hervorrufen. Also hielt ich den Mund und sagte mir, bei Oma Bos wäre es bestimmt auch schön.

Ich liege jetzt auf Omas Gästebett und schreibe. Papa und Mama sind gestern gleich wieder weggefahren, nachdem sie mich abgesetzt hatten. Mama hatte noch versprochen, meine Fische zu füttern. Warum muss ich hierbleiben? Bestimmt sitzt du jetzt zu Hause und lachst dir einen, weil du es weißt. Vielleicht ist es eine große Überraschung oder so.

Oma Bos gibt sich sehr viel Mühe. Sie hat eigens für mich Papier im Supermarkt gekauft.

„Weil du so gern malst, Junge“, sagte sie.

Aber dann kam sie mit einem Notizblock an: das Papier zu dünn und mit Linien. Darauf kann ich nicht malen. Aber gut Briefe schreiben schon!

Wie lieb Oma Bos auch ist, ich vermisse Papa. Und ich vermisse Mama. Und dich vermisse ich auch. Sicher sollte ich das jetzt nicht sagen, und bestimmt wirst du mir deswegen noch einen Tritt verpassen, aber so ist es. (Mach dieses Stück doch lieber mit dem Edding weg, nachdem du es gelesen hast.)

Aber warum schreibe ich dir einen Brief? Es ist so: Mama erlaubt nicht, dass du ans Telefon kommst. Sie hat schon oft angerufen, und jedes Mal habe ich gefragt, ob ich mit dir sprechen dürfte. Dann blieb es am anderen Ende der Leitung erst mal still, und dann sagte sie, du wärst nicht zu Hause. Ich war das schnell leid und fragte Oma, ob ich dich kurz anrufen dürfte. Aber nein, das durfte ich nicht. Also bin ich nach draußen gegangen, um dich von meinem Handy aus anzurufen.

Und ja, ich weiß auch, dass ich es nur benutzen darf, um zu sagen, wann ich nach Hause komme. Und in Notfällen. Aber das hier war ein Notfall. Auf jeden Fall ein kleiner.

Ich war schnell fertig. Dein Handy ist ausgeschaltet.

Als Mama wieder anrief, sagte ich, das nächste Mal sollte sie doch anrufen, wenn du auch zu Hause wärst. Du errätst es schon: Sie hat es nicht gemacht. Also fragte ich, ob du mich anrufen könntest. Mama sagte, sie würde es dir ausrichten. Aber du hast dich nicht gemeldet. Das letzte Mal, als Mama anrief, wollte ich wieder davon anfangen, aber noch bevor ich deinen Namen zu Ende gesprochen hatte, sagte Mama, ich sollte damit aufhören. Sie meinte, es würde allmählich etwas nervig. Da habe ich nicht mehr nach dir gefragt. Mama sagte, es hätte den Anschein, als würde ich mich gar nicht darüber freuen, dass *sie* anrief. Das tat ich wohl, denn ich langweilte mich schon den ganzen Tag zu Tode. Was soll ich hier ganz allein anfangen? Oma Bos hat kein Spielzeug, noch nicht mal einen Fußball. Und ihre

Comics sind so alt, dass Donald Duck erst ein Entenbaby ist, gerade aus dem Ei geschlüpft. (Kleiner Scherz. Du hast die Donald Ducks selbst auch gelesen. Darin ändert sich nie etwas. Jede Woche ist Donald genauso alt und hat auch dieselben Sachen an. Und wenn sie Streit haben, dann ist der in der Woche danach von selbst wieder beigelegt. Schön einfach!)

Ich will einfach nur wissen, wie es dir geht. Ob du Neues zu erzählen hast und was du Schönes machst, ob du Spaß hast in deinen Ferien. Ich glaube auf gar keinen Fall, dass du mich nicht sprechen willst. Wir haben überhaupt keinen Streit oder so. Also: Ruf mich an! Oder schreib einen Brief, das geht natürlich auch.

Bis bald, ja?

Viele Grüße,
Juri

PS RUF MICH AN!

PPS Nicht vergessen, das eine Stück mit einem dicken schwarzen Stift durchzustreichen, ja?

Mittwoch, 21. Juli

Hallo Stefan,

ich habe nichts von dir gehört. Du wirst mich also nicht anrufen, sondern mir einen Brief schreiben. Auch gut. Vielleicht ist es sogar besser. Dann können Papa und Mama nicht wieder meckern, du würdest zu viel telefonieren.

Mein Handyguthaben ist alle, das heißt, ich kann dich nicht mehr anrufen. Deine Mailbox-Ansage kenne ich inzwischen auswendig. Zum Glück kann ich dir ja schreiben.

Ich kann deinen Brief kaum erwarten. Die Post kommt hier jeden Tag gegen elf Uhr. Du verstehst sicher, dass ich dann neben dem Briefkasten stehe. (Angeblich, um die Post für Oma Bos zu holen, aber heimlich, um sie zu durchsuchen, haha.)

Warum bin ich hier? Mir fällt nicht wirklich was dazu ein. Wenn ich Mama danach frage, sagt sie, ich soll die Zeit hier genießen. Das versuche ich ja auch. Aber wie macht man das, wenn man lieber zu Hause ist? Oma Bos hat heute ein neues Donald-Duck-Heft gekauft. Das hatte ich schon vor dem Mittagessen durch. Zum Glück hat sie auch weißes Papier ohne Linien mitgebracht, und so habe ich jetzt selbst angefangen, einen Donald-Duck-Strip zu zeichnen. Das klappt ganz gut. Nur redet mein Donald zu viel. Es passt nicht alles in die Sprechblasen. Er hat Ähnlichkeiten mit dir, bis auf die Federn und den Schnabel.

Und was machst du gerade? Sicher bist du unterwegs mit Pim, Dennis und Jirika und ihr amüsiert euch zu viert in der Stadt. Nicht zu viel aus den Fächern im Süßigkeitenregal futtern, hörst du? Und nicht alle feinen Düfte ausprobieren. Dann wird man nämlich weggeschickt.

Gut, ich mache jetzt Schluss, mir fällt nichts mehr ein, was ich schreiben soll. Du musst mir aber zurückschreiben, ja?! (Oder anrufen.) Bestimmt tust du das schnell.

Viele Grüße,
Juri

PS Wenn mein Donald-Duck-Strip fertig ist, schicke ich ihn dir.

Samstag, 24. Juli

Hallo Stefan,

GEH AUS DEM ZIMMER UND SETZ DICH IRGENDWOHIN, WO PAPA UND MAMA DICH NICHT SEHEN KÖNNEN!

Warum höre ich nichts von dir? Falls das hier ein Witz ist, dann hör bitte damit auf. Ich finde das nicht lustig.

Donnerstag bin ich in die Bibliothek gegangen und habe da mein Taschengeld für mehrere Viertelstunden Internet verbraucht. Das Herz schlug mir bis zum Hals während der ganzen Zeit, die ich vor dem Computer saß. Wenn Oma das herauskriegen und Mama stecken würde, wäre die sicher wütend. Mamas Stimme hallte mir durch den Kopf: „An den Computer nur für die Schule!“ Aber ich dachte stattdessen: Was, wenn ich dir maile oder etwas für dich auf Hyves poste? Ich habe ein E-Mail-Konto eingerichtet (dauerte Stunden, hunderttausend Fragen) und dir eine Mail geschickt. Dann habe ich mich auf Hyves angemeldet, und was glaubst du? Ich kann immer noch nichts für dich posten! Erst müssen wir Freunde werden! Ich will ja. Aber dir reicht es offenbar, dass wir Brüder sind, denn ich höre nichts von dir. Und auf meine Mail reagierst du auch nicht.

Heute Nacht im Bett habe ich lange nachgedacht. Meiner Meinung nach haben Papa und Mama dir dein Handy abgenommen und deinen Computer irgendwo weggesperrt. Hast du dir wieder mal eine Strafe eingehandelt, Stefan Sterk?

Mit den Briefen kann es zweierlei auf sich haben:

1. Irgendwas ist bei der Post schiefgelaufen. (Du weißt ja selbst, wie dumm unser Briefträger ist. Er kreischt wie ein Mädchen, wenn man die Post aus dem Schlitz zieht und dabei wie ein Hund bellt.)

2. Mama und Papa haben die Briefe gefunden und vor dir versteckt.

Ich denke, es ist das zweite. Sie müssen sie gefunden haben. Das ist unfair. Was geht sie das an? Aber ich bin schlau gewesen. In Opas altem Schreibtisch habe ich einen Füller gefunden und dann mit links (aber schön ordentlich) deinen Namen und unsere Anschrift auf den Umschlag für diesen Brief geschrieben. Sieht überhaupt nicht wie meine Handschrift aus. Das erkennen sie nie.

Wenn sie darauf reinfallen und dir diesen Brief geben, musst du sofort aus dem Zimmer gehen (darum habe ich das gleich als Erstes geschrieben). Sie dürfen nicht wissen, dass auch dieser Brief von mir kommt. Wenn sie das herausfinden, kann ich dich überhaupt nicht mehr erreichen. ICH BIN BEI OMA BOS UND WEISS NICHT, WARUM. SCHREIB MIR ODER RUF MICH AN. Nicht vergessen! Es ist wichtig.

Bis ganz bald!

Viele Grüße,
Juri

PS Insgeheim finde ich es doch auch spannend. Wenn ich dich bald wiedersehe, müssen wir es noch mal machen, nur umgekehrt. Dann bleibe ich zu Hause und du musst zu Oma Bos. Oder schlimmer: zu Oma Sterk!

(Und melde dich, ja?)

PPS Der Strip wird langsam echt gut.

Dienstag, 27. Juli

Hey Stefan,

Du bist ein Arsch. Du hast nicht geschrieben. Und nicht angerufen. Vielleicht darf ich nicht ~~sagen~~ schreiben, dass du ein Arsch bist, aber so ist mein Gefühl. Außerdem, was macht das schon? Wenn du meine Briefe bekommen hast und dich trotzdem nicht meldest, dann bist du ein Arsch. Und wenn du meine letzten drei Briefe nicht bekommen hast, ist die Wahrscheinlichkeit, dass du den hier trotzdem bekommst, eins zu hundert Millionen. Also: Arsch, Arsch, Arsch! Das erleichtert (aber nicht wirklich). Arsch.

Okay, jetzt ist es eine Stunde später. Als ich an meinem Strip gearbeitet habe, kam mir eine gute Idee. Was sage ich? Eine geniale Idee! Was sage ich? Eine supergeniale Idee! Ich werde dich ohne Handyguthaben anrufen. (Bestimmt rufst du jetzt: „Das geht gar nicht, Juri-Schnurri. Ohne Guthaben kann man gar nicht telefonieren! Außerdem ist mein Handy ausgeschaltet.“) Aber es geht doch. Ich werde dich von dem Festnetztelefon von Oma Bos aus anrufen! „Aber das erlaubt sie dir doch nicht?“ Nein. Deshalb tue ich es heimlich.

Leicht wird das nicht. Oma Bos ist den ganzen Tag zu Hause und hört wirklich alles. Das ist einfach unheimlich. Gestern rief sie aus der Küche: „Juri Sterk, würdest du bitte die Füße vom Tisch nehmen?“ Dabei saß ich um die Ecke, am Esstisch vor dem Fenster! Da konnte sie mich gar nicht sehen! Aber ich bin schlau gewesen. (Bestimmt rufst du jetzt: „Nein, Juri-Schnurri, du bist NICHT schlau!“)

Seit dem Aufstehen gucke ich schon ganz mitgenommen und klage über Bauchweh. Oma hat großes Mitleid mit mir und versorgt mich mit Tee. Jetzt liege ich mit einer Wärmflasche auf dem Sofa. Und gleich geht Oma einkaufen. Dann kann ich natürlich nicht mit, denn ich bin ja krank (hust, hust!). Angenommen, ich müsste mich im Geschäft übergeben! Wenn sie fort ist, schaue ich heimlich durch die Gardine, bis sie um die Ecke gebogen ist. Dann nutze ich meine Chance. Und wenn sie wiederkommt, liege ich wieder brav und krank auf dem Sofa. Tatata-taaa!

Wenn du das hier liest: Ich bin also bei Oma Bos. Und du sieh zu, dass du zu Hause bist!

Viele Grüße an Stefan Hampelmann
von Juri-Schnurri

Donnerstag, 29. Juli

Hallo Stefan,

ich habe dich nicht gesprochen. Und etwas sehr Seltsames ist passiert.

Dienstag, nachdem Oma mit der leeren Einkaufstasche um die Ecke gebogen war, habe ich dich sofort angerufen. Aber abgehoben hat niemand. Nach dem Abendessen, Oma war kurz nach oben gegangen, rief ich noch mal an und bekam Mama an den Apparat. Ich habe sofort aufgelegt. Nicht wirklich die feine Art, aber es ging nicht anders. Mama darf nicht wissen, dass ich versuche, mit dir zu telefonieren. Mittwoch habe ich es drei Mal probiert (Oma immer wieder losgeschickt nach Lakritz und Eiskrem für meinen wehen Hals), und immer sind entweder Papa oder Mama rangegangen. Du musst dir mehr Mühe geben, Stefan!

Das letzte Mal, als ich anrief, ging zwar jemand ran, aber ohne einen Namen zu sagen. Es blieb totenstill. Am anderen Ende der Leitung hörte ich nur leises Atmen. Ich wurde sehr nervös und hielt die Luft an. Sie haben mich durchschaut, dachte ich, sie haben mich durchschaut! Dann sagte Mama plötzlich mit einer zittrigen Knacksstimme: „Stefan? Stefan, bist du das?“ Ich erschrak so, dass ich sagte: „Nein, nein, ich bin es nicht.“ Dann knallte ich den Hörer auf. Mein Herz stand auf Turbo.

Stefan, warum hat Mama das gesagt? Was ist ihrer Meinung nach mit dir los? Ich traue mich nicht zu fragen, auch nicht Oma Bos.

Anrufen ist wohl keine so gute Idee mehr. Das heißt, ich höre jetzt damit auf.

Juri

Freitag, 30. Juli

Hallo Stefan,

du bist doch nicht böse, weil ich über deinen lauten Fernseher gemeckert habe? Das geht mir die ganze Zeit durch den Kopf. Der Gedanke ist wie ein Bumerang: Je fester ich ihn wegwerfe, desto schneller kommt er zurück. Ich meine den Abend, bevor ich zu Oma Bos musste. Ich wollte schlafen. Erst habe ich es *mit* den Geräuschen versucht. Aber Rennautos, das ging wirklich nicht. Ich bin aufgestanden und habe brav an deiner Tür geklopft. „Herein", hast du gesagt. Also das war alles noch okay. Ich fragte, ob du den Fernseher etwas leiser stellen könntest, du sagtest: Ja, gleich. Ich sagte: „Aber nicht vergessen, ja?" Dann sagtest du: „Ja-ha!" Du fandst, ich sollte mich nicht so anstellen. Das konnte ich daran hören, wie du Ja gesagt hast. Ist es das, weshalb du mir böse bist? Weil ich dir nicht vertraut habe? Hast du den Fernseher darum erst dann leiser gestellt, als Mama von unten heraufblökte, du solltest es?

Wenn es das ist, entschuldige ich mich jetzt tausendmal. Würdest du dich dann jetzt bitte bei mir melden?

Juri

PS Zur Sicherheit nochmals Entschuldigung.

Samstag, 31. Juli

Hallo Stefan,

gute Nachrichten: Papa hat mir einfach so Grüße von dir bestellt! Na ja, nicht einfach so. Ich musste indirekt nach dir fragen. Das tat ich folgendermaßen: Papa rief an und ich fragte ihn, was er heute getan hatte.

Dann sagte er: „Eingekauft."

Dann sagte ich: „Hast du auch was Leckeres gekauft?"

Dann sagte er: „Ja, Teilchen."

Dann sagte ich: „Die habt ihr sicher zu dritt gegessen."

Dann sagte er: „Nein, zu zweit."

Dann sagte ich: „Aha, du und Stefan?"

Dann sagte Papa: „Nein, ich und Mama."

Und dann fragte ich, ob er für dich und mich ein Teilchen aufgehoben hätte und wo du wärst. (Das klingt sehr umständlich, aber es geht darum, dass er nicht sofort merkt, dass es mir um dich geht.)

Und da hat Papa also plötzlich gesagt: „Ich soll dich von Stefan grüßen."

Ich bin fast vom Hocker gefallen.

Danach stammelte ich etwas wie: „Schöne Grüße zurück."

Die würde Papa ausrichten.

Vielleicht hätte ich besser fragen sollen, ob du meine Briefe bekommen hast. Oder warum du nicht ans Telefon kommen darfst. Aber ich wusste in dem Moment nicht, was ich sagen sollte. Papa legte auch schnell wieder auf, weil er und Mama gerade dabei waren, aus dem Haus zu gehen. Aber es ist ein Anfang. Jetzt grüßt du mich über Papa, und nächstes Mal tust du es selbst. Jetzt traue ich mich auch wieder anzurufen.

Wenn du diesen Brief liest, weißt du, dass ich deine Grüße erhalten habe (danke!) und dass ich an dich denke. Und dass es nicht an mir liegt, wenn wir uns nicht sprechen.

Ich bringe diesen Brief jetzt schnell zum Kasten, dann kann er heute noch mit.

Tschüss!

Viele Grüße,
Juri-Schnurri

Mittwoch, 4. August

Hallo Stefan,

wieder ein Brief von mir. Geht nicht anders, denn es gibt ein Problem. Wenn ich daheim anrufe, geht niemand ran, aber ich höre etwas Merkwürdiges: drei verschieden hohe Töne, immer wieder. Ich bin mir nicht sicher, aber ich glaube, das bedeutet, dass man diese Nummer nicht mehr anrufen kann.

Ich habe es sehr oft versucht. Aber egal wie oft ich zu Hause angerufen habe, es hat nie mehr jemand abgehoben. Selbst Papa und Mama nicht. Auch Papas Handy ist aus.

Darum habe ich Tante Elise angerufen. Ihre Nummer stand in Omas Telefonregister. Tante Elise war überrascht, dass ich anrief. Sie fragte, ob es mir bei Oma Bos gefiel. Das war verrückt. Woher wusste sie, dass ich dort war? Ich habe einfach Ja gesagt. Dann fragte ich nach Papa und Mama und ob sie vielleicht wüsste, warum ich nicht mehr anrufen konnte. Tante Elise blieb still. Dann sagte sie: „Ich weiß es nicht, Juri." Ich fragte, ob sie wüsste, wo du bist. Sie sagte, sie hätte keine Ahnung, du wärst doch wohl sicher daheim? Dann fragte sie, was *ich* denn meinte, wo du wärst. Ich sagte: „Ich hoffe, zu Hause, aber ich habe so ein verrücktes Gefühl dabei." Als ich weiter nach dir fragte, sagte Tante Elise böse: „Ich weiß es wirklich nicht, Juri, ich habe deine Familie schon ein paar Wochen nicht gesprochen." Und da wusste ich, dass sie log. Denn wie hätte sie da wissen sollen, dass ich bei Oma Bos war? Tante Elise sagte, sie freue sich über meinen Anruf, aber jetzt müsste sie auflegen, weil ihre Kartoffeln sonst überkochten.

Warum ist niemand ehrlich zu mir? Ich *fühle* doch, dass irgendwas ist. Keiner kann mir weismachen, dass ich einfach nur zum Spaß anderswo schlafen muss.

Weißt du, was merkwürdig ist? Mama ruft selbst jeden Abend an. Und weißt du, was noch merkwürdiger ist? Ich gewöhne mich langsam ein bei Oma Bos. Ich helfe ihr jeden Abend beim Kochen. Am Wochenende haben Oma und ich ein Kochbuch gekauft. Darin stehen Rezepte aus der ganzen Welt. Wir essen jeden Abend an einem anderen Ort auf der Erdkugel. Wenn du so gegen sechs anrufst, kann es sein, dass ich den Hörer abnehme, mit „ola señor" antworte (das ist Spanisch und heißt „Hallo, der Herr"), oder mit „bonsoir" (das ist „guten Abend" auf Französisch).

Und doch wäre ich lieber daheim.

Viele Grüße,
Juri

Sonntag, 8. August

Hey Stefan,

Juhu! Ich komme nach Hause! Mama hat gerade angerufen und gesagt, dass sie mich Samstag abholen. Eine gute Nachricht, was? Ach, ich weiß sicher, dass du das auch so siehst, auch ohne mit dir darüber zu sprechen. Mama hat noch gesagt, sie fände es doof, dass ich bei Oma Bos bleiben musste (das zu hören, wird Oma Bos sicher freuen …), und sie hätte eine Weile nicht gewusst, was sie tun sollte. Aber jetzt wird alles gut, meint Mama. Ich habe nach dir gefragt, und Mama tat so, als hätte sie es nicht gehört, auch als ich zum zweiten Mal fragte. Aber das macht mir nichts mehr, denn nächste Woche sehe ich dich ja wieder. Oma Bos hat heute zwei echte Tennisschläger gekauft, damit kannst du mich dann schön wegputzen. Ich habe schon zwei Stunden trainiert, das heißt, leicht werde ich es dir nicht machen. Trotzdem gewinnst du bestimmt, das schaffen große Brüder immer.

Bis bald, ja?
Juri

Samstag, 14. August

Stefan,

entschuldige meine Handschrift, aber im Auto kann ich nicht gut schreiben. Papa und Mama sitzen vorn und ich hinten. Ich hatte gehofft, du würdest mitkommen, aber als Papa und Mama angefahren kamen, sah ich sofort, dass die Rückbank leer war. Selbst als wir fast schon fortfuhren, als Papa zum Auto ging, um die große Sporttasche mit Sachen von mir in den Kofferraum zu tun, hoffte ich noch, du würdest jetzt da mit dem Kopf rausschauen und brüllen: „Ätsch, hast wohl gedacht, ich wäre nicht da, hast wohl gedacht, ich wäre nicht da!" Aber als die Klappe aufging, war da kein Kopf, kein Gebrüll, kein Stefan. Nur leerer Kofferraum mit hellgrauem Teppich auf dem Boden.

Ich weiß nicht, warum ich schreibe. Es ist still im Auto. Wir fahren und fahren. Mama hat schon dreimal gefragt, wie es bei Oma war. Und ich habe gesagt: „Gut." Ich wollte zwar mehr erzählen, aber da kam nichts.

Ich will schreiben: Ich sehe dich gleich. Ich will es sagen! Am liebsten will ich es durchs Auto brüllen. ICH SEHE DICH GLEICH ICH SEHE DICH GLEICH ICH SEHE DICH GLEICH. So laut, dass mir der Hals davon wehtut. Aber es geht nicht. Also flüstere ich. Ich-sehe-dich-gleich. Meine Stimme traut sich nicht lauter. Ich habe Angst, dass alle lachen, wenn sie es hören. Dass alle Menschen auf der ganzen Welt, alle Leute auf den Fotos im Kochbuch (die Jungs mit Sombreros, die Männer in Kilts, die dunklen Frauen, die Krüge auf dem Kopf tragen), dass alle diese Menschen dann lachen. Dass sie deswegen über den Boden kugeln. Weil sie es längst wissen: Ich werde dich nie mehr sehen.

Juri

Samstag, 14. August

Stefan, sie haben gelogen. Gelogen gelogen gelogen. Gelogen gelo-

ZWEI
MITTE AUGUST –
ENDE SEPTEMBER

Mittwoch, 18. August

Stefan,

ich weiß nicht, wo ich anfangen soll. Schon ein paarmal habe ich meinen Stift aufs Papier gesetzt, aber nach ein paar Zeilen fühlte sich das Schreiben so dumm an, dass ich damit aufgehört habe. Die Seiten habe ich vom Notizblock abgerissen, zerknüllt und in den Papierkorb geschmissen.

Ich sitze in meinem Zimmer. Bestimmt stellst du dir jetzt vor, wie es hier aussieht: Mein Schreibtisch links, daneben der Kleiderschrank beklebt mit Postern, unter dem Fenster das Aquarium mit Frits und Schlamer, und rechts mein Bett. Damit liegst du allerdings daneben. Die Sachen kommen hin, aber sie stehen woanders. Und nicht nur an einer anderen Stelle. Sondern in einem anderen Zimmer! Ja, Stefan, ich habe ein anderes Zimmer. Nicht deines. Auch nicht das Zimmer von Papa und Mama. Ich bin auch nicht auf den Dachboden ausgewandert. Nein, wir sind umgezogen. Na ja, Papa und Mama sind es. Ich wurde zu dem neuen Haus gebracht, als ob es normal wäre, wenn deine Eltern alle Sachen einpacken und woanders hinziehen, nachdem sie dich vorübergehend bei deiner Oma abgeladen haben.

Ich hatte längst bemerkt, dass wir von Oma Bos aus nicht nach Hause fuhren.

Mama sagte: „Juri, heute ist ein besonderer Tag." Dabei legte sie ihre Hand auf die von Papa, als würden sie jetzt zusammen das Auto steuern.

Besonders, weil ich wieder nach Hause durfte, dachte ich.

Mama schaute mich durch den Rückspiegel an. „Wir machen einen Neustart."

Papa schnalzte mit der Zunge. „Was deine Mutter meint", sagte Papa, „ist, dass sich so Einiges geändert hat."

„Was denn?", fragte ich.

„Es ist ein Neustart, für uns drei", sagte Mama.

Ich sagte sofort: „Für uns drei und Stefan."

„Nein", sagte Mama. „Für uns drei. Ein Neustart für uns drei."

Das Auto wurde auf einmal ganz groß. Oder ich wurde kleiner, ich weiß es nicht. Papa drehte sich nach mir um. „Tut mir leid", sagte er lautlos. Dann schaute er wieder auf die Straße.

Das konnte doch nicht wahr sein. Mama und Papa meinten bestimmt etwas anderes. Jetzt waren wir zu dritt, aber nachher nicht mehr. Dann waren wir wieder zu viert. Ich machte die Augen zu und wünschte, wir würden dich gleich abholen.

Papa parkte das Auto vor einem Haus.

Er seufzte und sagte: „Wir sind da."

Aber wo wir waren, war mir ein Rätsel.

Papa und Mama stiegen aus. Ich blieb sitzen. Mama bewunderte das Haus. Warum, weiß ich nicht, denn es war ein ganz normales Reihenhaus, kein Schloss oder so. Dann guckte sie zu mir (lächelnd) und dann wieder zu dem Haus.

„Steigst du aus, Bursche?", fragte Papa.

„Wieso?", fragte ich. „Was machen wir hier?"

Mama klopfte gegen das Autofenster und machte mir ein Zeichen, dass ich es herunterkurbeln sollte. Im Auto war es glutheiß geworden, aber ich ließ mein Fenster zu.

„Das hier ist es, Juri“, blökte Mama durch die Scheibe hindurch. „Das hier ist der Neustart!“ Das Fenster beschlug davon. „Komm und sieh dir unser neues Haus an!“

Unser neues Haus? Ich traute meinen Ohren nicht.

„Weiß Stefan, dass wir hier sind?“, fragte ich.

„Komm erst mal rein und schau, ob es dir gefällt“, sagte Papa. „Dein Zimmer ist sehr schön geworden.“

Ich wurde sofort neugierig, und das stank mir. Denn ich war böse und würde so lange böse bleiben, bis ich wieder daheim war. Mit dir.

Eine Zeit lang blieb ich schwitzend in diesem Sauna-Auto sitzen. Dann überlegte ich mir, dass ich auch böse sein und trotzdem einen Blick in mein neues Zimmer werfen konnte. Dass ich hier nicht wohnen wollte, stand sowieso fest.

Papa hielt das Gartentor für mich auf. Ich ging zur Haustür. Mama kam hinter mir her getrippelt, Papa ließ das Tor zufallen und dann standen wir zu dritt auf dem Pflasterweg von ~~unserem~~ ihrem neuen Haus.

„Hier“, sagte Mama und hielt mir einen Schlüssel vor die Nase. „Du darfst aufschließen.“

„Nicht nötig“, sagte ich.

Daraufhin tat Mama es halt selbst.

Drinnen roch es nach Farbe und Kleber und Teppichboden. Als wäre ich nicht in einem Wohnhaus, sondern in einem Baumarkt.

„Wohin willst du?“, fragte Papa.

„Nach Hause“, sagte ich sofort.

Das fand Mama ziemlich lustig, denn sie lachte, als hätte ich gerade einen guten Witz erzählt.

„Das hier *ist* dein Zuhause", sagte Papa. „Aber daran musst du dich noch gewöhnen, das verstehe ich."

Mama sagte, sie würde Limonade für mich holen, und bat Papa, ihr dabei zu helfen. Sind die Becher hier so groß, dass Mama sie nicht mehr allein eingießen kann?

Papa sagte: „Ich kann Juri auch eine Führung durchs Haus geben. Was hältst du davon, Bursche?"

Ihre Hilfe brauchte ich nicht. Also sagte ich: „Nein, nein. Das kann ich auch selbst."

„Ganz sicher?", fragte Papa.

„Ja."

Papa und Mama verschwanden hinter einer Tür.

Ich schaute auf meine Füße. Sie standen mitten auf der Matte vor der Tür. Auf dieser schwarzen Fläche war ich sicher. Was würde passieren, wenn ich einen Fuß auf den Teppichboden setzte? Würden sich Rädchen drehen, Scharniere quietschen, Zahnräder knirschen? Würde ein großes Tor hinter mir zufallen und wäre ich für immer in diesem Haus eingesperrt? Ich schluckte. Meine Füße standen totenstill da. Noch nicht mal meine Zehen wackelten.

Ich wollte warten und weiter nichts. Aber dann kribbelte es immer mehr. Das kam durch die Treppe. Darunter liegt so ein schöner Verschlag. Da könnte ich für uns eine Hütte bauen. Mit Stöcken und Decken und so. Und du könntest dann deinen Fernseher holen. Zusammen würden wir in der dunklen Hütte fernsehen. Und das Programm dürftest du aussuchen.

Die Limonade kam und kam nicht. Vielleicht mussten auch noch die Nachbarn kommen und beim Einschenken helfen.

Ich konnte nicht für immer hier auf der Matte stehen

bleiben. Ich war hier ja nur vorübergehend. Ich würde mir mein Zimmer ansehen, dann zurück ins Auto und schnell nach Hause.

Ich hatte die Wahl:

1. Die Tür geradeaus vor mir (zur Küche, da waren Papa und Mama).

2. Die Tür links (ich weiß jetzt, dass man dann ins Wohnzimmer kommt).

3. Die Treppe hoch.

Ich wählte Nummer drei. Mein Zimmer war bestimmt nicht unten.

Langsam setzte ich meinen Fuß außerhalb der Matte auf. Erst die Schuhspitze. Es drehten sich keine Rädchen, kein Scharnier quietschte, und die Zahnräder knirschten nicht. Dann die restliche Schuhsohle. Nichts geschah. Ich konnte nachher einfach zurück nach Hause.

Leise ging ich die Treppe hoch. Auf der Hälfte fragte ich mich plötzlich, ob ich meine Füße auch abgetreten hatte. Wirklich verrückt, aber alles hier ist so neu; wenn ich nur einen Fleck mache, versaue ich das ganze Haus. Ich zog die Schuhe aus und stellte sie neben mich auf die Treppenstufe.

Oben gibt es fünf Türen. Ich dachte: eine für Papas und Mamas Schlafzimmer, eine für meins, eine für deins, dann die Tür zum Badezimmer und eine Dachbodentür. Die erste Tür war sofort ein Treffer: mein Schlafzimmer. Ich habe es Papa und Mama nicht gesagt, aber es ist großartig. Auf der Tapete sind lauter Astronauten und Raumschiffe, die durch den Kosmos schweben. Richtig cool. Und an meinem Schrank hing ein neues Poster mit einem Raumschiff von Lego drauf. Auch Frits und Schlamer hatten etwas Neues in ihrem Aquarium: eine kleine Schatzkiste, die immer aufklappt und aus der Luftblasen aufsteigen.

Es ist schön. Es ist perfekt. Es ist besser und größer. Aber es ist nicht mein Zimmer. Ich vermisse etwas. Ich kenne hier überhaupt niemanden, dachte ich plötzlich. Und mir wurde kalt dabei.

Auf dem Flur waren noch vier Türen übrig. Die erste war die vom Badezimmer. Das ist groß und sogar mit Fenster, also brauchst du nicht mehr bei offener Tür zu duschen. (Warum willst du das nicht mehr?)

Dann Papas und Mamas Schlafzimmer. Es sieht haargenau so aus wie ihr altes. Es riecht auch genauso darin: nach Rosen aus einer Flasche.

Hinter der nächsten Tür war eine Treppe. Oben ist ein großer Dachboden, aber da steht nichts Interessantes: etwas Krimskrams, der Gerümpelschrank, die Waschmaschine und das Bügelbrett.

Danach blieb nur noch eine Tür. Das musste die zu deinem Schlafzimmer sein. Meine Hand zitterte. Ich legte sie auf die Klinke. Sie fühlte sich kalt an. Meine Hand rutschte fast davon ab, so sehr schwitzte ich. Ich wollte die Tür aufmachen, schaffte es aber nicht. Ich bekam die Klinke nicht runtergedrückt. Meine Hand lag einfach da, stumm und still. Papa sagt immer, ich dürfte nicht neugierig sein. Und auf einmal fand ich, er hatte recht. Ich ließ die Klinke los und keuchte. Ich hatte gar nicht bemerkt, dass ich die ganze Zeit die Luft angehalten hatte.

„Tschüss, Zimmer", sagte ich. „Du bist sicher auch noch da, wenn ich nachher wiederkomme."

In der Küche unterhielten sich Papa und Mama. Papa saß am Tisch und Mama stand gegen die Spüle gelehnt da. Mama gab mir meine Limonade. Die war ganz normal in so einem bunten Comic-Becher von der Tankstelle. Ich nahm ein paar Schlucke.

„Wie findest du die Tapete in deinem Zimmer?", fragte Papa.

„Geht so", sagte ich. Ich hatte überhaupt keine Lust, einen auf fröhlich zu machen.

„Freut mich, dass sie dir gefällt", sagte Mama. „Oma Bos hat mir erzählt, du hättest jeden Tag für sie gekocht. Da kannst du demnächst ja auch mal was Gutes für uns kochen." Sie nahm einen Topf und ließ Wasser hineinlaufen.

Ich biss fest auf den Rand des Bechers. Wie konnten Papa und Mama nur so tun, als ob nichts wäre? Als ob wir nicht in einem fremden Haus wären, irgendwo im Nirgendwo.

„Schatz, gibst du mir mal die Hackröllchen?", sagte Mama zu Papa.

Ich musste zur Seite, damit Papa an den Kühlschrank konnte.

„Weißt du, was mir gefallen hat?", platzte ich heraus.

„Nein?", fragte Papa.

„Stefans Zimmer."

Stille. Mama ließ den Topf ins Waschbecken fallen. Wasser schwappte über den Rand auf ihr Kleid.

„Schöner Bettbezug, der mit den Autos", fuhr ich fort. „Darüber wird er sich bestimmt freuen. Ja. Ja, das hat er gesagt." Ich erfand es einfach so, auf der Stelle: „Stefan saß auf dem Bett und hatte seine Mützensammlung ausgebreitet und sagte, er fände es hier so wunderbar fantastisch."

„So, das reicht jetzt!“, sagte Papa kurz und laut.

Ich weiß nicht, was geschah. Plötzlich liefen mir die Tränen übers Gesicht, noch bevor ich etwas wie Angst oder Traurigsein fühlte. Ich stürmte aus der Küche und die Treppe hoch. Da haute ich die Tür zu deinem Zimmer auf. Was für ein leeres, leeres Zimmer ist das! In der Ecke steht ein Schreibtisch, und an der Wand hängen ein paar Regalbretter mit Aktenordnern drauf. Das ist alles. Ach ja, und auf der anderen Seite eine Reihe Umzugskartons. Nicht die kleinste Spur von dir. Ich habe die Kartons aufgemacht: Plastikdosen, Bilder, Bücher und noch viel mehr Zeug. Wo sind deine Sachen? Ich kippte einen Karton um. Irgendwelcher Krempel fiel auf den Boden, und ein leerer Blumentopf rollte unter den Schreibtisch. Papa kam ins Zimmer. Ich griff nach noch einem Karton, aber Papa fasste mich am Arm und hielt mich zurück. Ich versuchte, mich loszureißen, aber er war zu stark. Er drehte mich zu sich und umarmte mich; meiner Meinung nach mehr, damit ich von den Kartons wegblieb, als um mich in die Arme zu nehmen.

„Wir müssen demnächst mal reden“, sagte er.

„Wo ist Stefan!?“, schrie ich.

Papa drückte mich an sich.

„Wo ist Stefan!!“

„Stefan ist an einem Ort, wo er besser aufgehoben ist als hier“, sagte Papa.

„Wieso?!“

Mit aller Kraft versuchte ich, mich loszureißen. Papas Arme drückten fester zu, bis es langsam wehtat.

„Stefan hat es jetzt sehr schwer“, sagte Papa ruhig.

„Dann kann ich ihm doch helfen?“

„Er hat es so schwer“, sagte Papa, „dass er besser ohne uns dran ist.“

„Stefan braucht mich!“, kreischte ich. Und hatte mich losgestrampelt.

Ich fiel hinterrücks.

Dann sagte Papa auf einmal: „Stefan braucht dich nicht mehr.“

Und alles bewegte sich langsam. Als würde ich kopfüber in dickem Sirup versinken.

Was soll der Unsinn? Wieso brauchst du mich nicht mehr? Ich verstehe Papa nicht. Erst hieß es immer: Gib acht auf Stefan. Und jetzt das.

Ich stürmte aus dem Zimmer. Die Treppe hinunter. Stolperte über meine Schuhe, die da immer noch geparkt waren. Ich donnerte die letzten fünf Stufen hinunter und verbrannte mir die Hände an dem Teppichboden. Es war mir gleich. Ich wollte einfach nur weg. Weg von diesem Misthaus. Mit seinen Mistzimmern. Und seiner Mistleere. Ich nahm meine Schuhe, zog sie an, ohne sie zuzubinden, und rannte nach draußen. Um Ecken herum und in Straßen hinein. Bis ich außer Atem war und Blut im Mund schmeckte. Ich wusste nicht, wo ich war. Außer dem Misthaus kannte ich hier nichts.

Stimmt das, Stefan? Brauchst du mich nicht mehr? Denkst du nicht mehr an mich? Denke ich deshalb so viel an dich? Weil ich für zwei an uns denken muss?

Ich bin eine Weile durch die Straßen gegangen und habe ein Steinchen vor mir her gekickt. Als ich das leid war, habe ich ein paar Sträucher in einer Rabatte demoliert. (Hat mir später leidgetan, doch, aber was mussten die dummen Sträucher auch gerade dort stehen.) Ich gab mir die größte Mühe, mich zu verirren. Aber je öfter ich abbog, desto schneller kam ich wieder in die Straße mit dem Misthaus.

Dann bin ich losgelaufen. In einer geraden Linie. Bloß nicht abbiegen. Mich bloß nicht umschauen. Sondern nur weg. Bis ich echt nicht mehr konnte.

Ich stand vornübergebeugt und schnappte nach Luft, als ich eine Stimme hörte. „Wer bist du?"

Ein Stück weiter, in einem Bushäuschen, stand ein Mädchen. Sie trug einen dunkelroten Regenponcho und hatte ihre Kapuze auf. Und mir war schon in T-Shirt und kurzen Hosen so heiß! Neben ihren nackten Beinen stand ein rotes Köfferchen. Sie hob es hoch und schlenkerte leicht damit von links nach rechts.

„Ich kenne dich nicht", sagte sie. „Wohnst du hier?"

„Nein", sagte ich und schaute weg von dem Mädchen mit seiner dummen Frage.

„Bist du zu Besuch?"

„So ähnlich."

„Pass nur auf", sagte sie. „Wenn sie dich mit hierher nehmen, bleibst du. Dann kommst du nie mehr weg."

Ich sah nur die Hälfte von ihrem Gesicht. Durch das Schlenkern verschwanden immer ein Auge und ein Stück Mund hinter dem Rand der Kapuze.

„Ich weiß, wo alle wohnen", sagte sie. Es klang, als würde sie singen.

„Schön für dich“, sagte ich.

„Sie schreiben es mir in mein Freundschaftsbuch. So kann ich alle immer finden. Magst du mir in mein Freundschaftsbuch schreiben?“

„Ich bin nicht dein Freund“, sagte ich. „Und ich wohne hier nicht. Und hier bleiben tue ich auch nicht!“

„Schade“, sagte das Mädchen. „Du scheinst mir ein netter Junge zu sein.“

„Ich bin nicht nett“, sagte ich.

Und dann bin ich weggerannt. Zurück in die Straßen, aus denen ich gekommen war. Es war zwar nicht, wohin ich wollte, aber jedenfalls war ich weg von dem seltsamen roten Mädchen.

Ich bin dann doch zu dem Misthaus zurückgegangen (Bauchweh vor Hunger). Mama wusch gerade ab, als ich in die Küche kam. Papa und Mama hatten schon gegessen. Auf dem Tisch stand nur noch ein Teller. Ohne etwas zu sagen, setzte ich mich hin. Mama trocknete sich die Hände an ihrer Schürze ab und lud meinen Teller voll mit grünen Bohnen, Kartoffeln und Hackröllchen. Dann zögerte sie und schaute mich an. Ich guckte weg, auf den Dampf, der von meinem Teller kam. Mama sagte leise: „Ich weiß auch nicht, wohin mit meinen Gefühlen.“ Ich wusste nicht, was ich sagen sollte, und steckte mir schnell einen Bissen Kartoffeln in den Mund.

Mama machte mit dem Abwasch weiter und ich aß meinen Teller leer. Es schmeckte gut. Genauso gut wie sonst. Es war, als hätte sich nichts geändert. Als säße ich nicht in einem neuen Haus am Tisch, in dem mein Bruder nicht wohnte. Als wäre alles genau wie vor einem Monat und als sollte ich mich einfach nicht so haben. Aber in meinem Kopf hallten die

Worte des roten Mädchens nach: „Wenn sie dich mit hierher nehmen, bleibst du. Dann kommst du nie mehr weg."

Ich werde dahinterkommen, wo du bist. Und ich schreibe dir weiter, auch wenn ich dir meine Briefe nicht schicken kann. Wenn wir uns wiedersehen, weißt du jedenfalls, dass ich immer an dich gedacht habe. Und dann gibst du mir auch einen Stapel Briefe.

Oder?

Alles Liebe,
Juri

PS Ich bin erst ein paar Tage in diesem Misthaus. Und Montag muss ich schon zum ersten Mal zur Schule.

PPS Papa hat noch immer nicht „mal mit mir geredet".

Freitag, 20. August

Hallo Stefan,

Kommissar Juri hat eine Akte angelegt. Der Fall: Stefan Sterk. Ich betrachte ihn mit der Lupe.

Ich habe Mama gefragt, ob ich eine Hütte in deinem Zimmer bauen dürfte. Gut, so habe ich es nicht gesagt. Ich sagte: Arbeitszimmer. Aber ich meinte: dein Zimmer.

„Ja klar, Lieber!“, sagte Mama.

Plötzlich erlaubt sie mir einfach alles.

Ich habe Umzugskartons gestapelt, immer drei aufeinander. Daraus habe ich die Wände gebaut. Und aus den Wänden ein Quadrat. Vorn in der Mitte habe ich einen Stapel weggelassen. Das ist die Tür. Danach habe ich eine Decke über die Hütte geworfen. Das ist das Dach. Danach war sie richtig fertig.

Neben der Tür unserer Hütte habe ich einen Zettel aufgehängt mit:

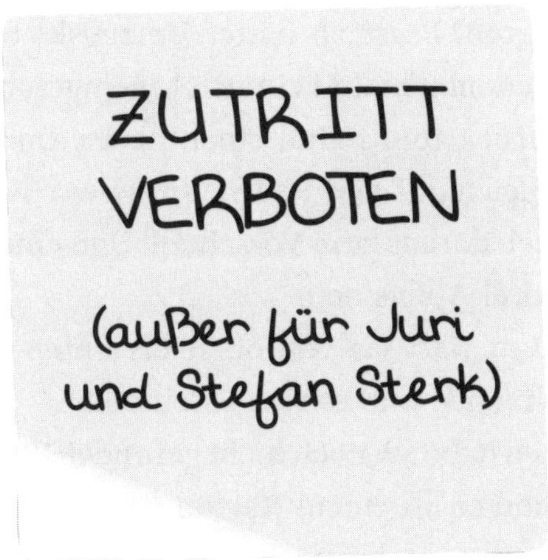

In der Hütte betreibe ich meine Nachforschungen. Ich werde deine Sachen wiederfinden.

Einen Karton habe ich nicht für die Wände benutzt. Der steht in der Hütte. Mit meiner eingeschalteten Taschenlampe kann ich den durchsuchen. Und niemand kann sehen, was ich tue. Ich bin ein Geheimdetektiv.

Aus dem ersten Umzugskarton, den ich aufklappte,

schlug mir vielleicht ein Mief entgegen! Ich wedelte mit der Hand, aber das nützte nichts. In der Hütte roch es schon nicht mehr frisch. Ich leuchtete mit meiner Taschenlampe auf die Sachen tief in dem Karton. Die Schuldigen an dem Mief hatte ich schnell ertappt: Papas Tennisschuhe. Ich warf sie aus der Hütte. Solche Stinker helfen mir bei meinen Nachforschungen nicht weiter. Ich holte alles Mögliche aus dem Karton: zwei abgetragene BHs von Mama (ich hoffe, sie sind von ihr), ein rotes Spielzeugauto, eine kleine Puppenhaus-Essecke aus Schilf und ein Paket Käsecracker. Dann war der Karton leer. Wer packt bloß so etwas in ein und denselben Karton? Es ist, als hätten Umzugsleute einen Arm voll Sachen genommen und einfach hineingeschmissen. Ich warf alles zurück und nahm einen neuen Umzugskarton. Der knallte gleich auf den Boden, so schwer war er. Papas Hanteln kamen daraus zum Vorschein! Und eine alte Zitruspresse. Und drei Apfelsinen!

Ich habe fünf Kartons von oben bis unten durchsucht. Dann war ich müde und es war Essenszeit.

Deine Sachen habe ich noch nicht gefunden. Bestimmt sind sie alle zusammen in einem Karton. Deine Anziehsachen, deine Mützen und deine Steine- und Fossiliensammlung. Hab noch etwas Geduld.

„Was hast du heute gemacht?“, fragte Papa, als wir beim Essen saßen. Ich erzählte von der Hütte.

„Fantastisch“, sagte er. „Schön, dass du dich langsam hier einlebst.“

Wenn der wüsste.

Nach dem Essen machte sich Papa noch ein Stündchen im

~~Arbeitszimmer~~ in deinem Zimmer zu schaffen. Ich konnte nicht weitersuchen. Aber dafür habe ich dir einen Brief geschrieben: tatata-taaa!

Jemand muss dich doch auf dem Laufenden halten.

Viele Grüße,
Juri

PS Ach ja, ich habe meinen Donald-Duck-Strip bei Oma liegen lassen. Du wirst also noch länger warten müssen, bis du ihn sehen kannst.

Samstag, 21. August

Hallo Stefan,

Heute habe ich viel entdeckt.

Mama rief mich zu sich ins Schlafzimmer. Sie saß auf dem Bett.

„Setzt du dich mal her?“, fragte sie. Das tat ich, ein Stück von ihr entfernt. Ich wollte alles gut im Blick behalten.

Mama schaute auf ihre Hände. Ich betrachtete ihr Gesicht. Ihre Augen sahen müde aus. Mama trug Ohrringe, die ich noch nie gesehen habe: mit einem glänzend blauen Steinchen.

„Ich habe etwas für dich“, sagte Mama.

„Was denn?“, fragte ich.

Mama holte tief Luft, als würde sie gleich bei einem Wettbewerb mitmachen, wer am längsten unter Wasser bleiben kann.

„Ich weiß, dass du Briefe geschrieben hast, als du bei Oma Bos warst“, sagte sie.

Erwischt. Ich wusste, dass es möglich war, dass Mama die Briefe fand. Aber nachdem ich eine Weile nicht mehr daran gedacht hatte, erschrak ich jetzt.

Mama öffnete die Tür von ihrem Nachtschrank und holte einen Stapel Umschläge daraus hervor, zusammengehalten von zwei dicken Gummiringen. Sie legte mir das Päckchen in die Hände.

„So“, sagte Mama.

Ich betrachtete die Umschläge. Sie lagen merkwürdig schief da, als gehörten sie nicht hierher.

„Ich habe sie nicht geöffnet“, sagte Mama. „Nur der Erste ist offen. Papa war der Meinung, wir müssten nachsehen, ob es etwas Wichtiges war.“

„Es war wichtig“, sagte ich schnell.

„Lieb von dir, zu schreiben“, sagte Mama und streichelte mir übers Haar.

Ich schlug ihre Hand weg.

„Wo ist Stefan?“, fragte ich.

„Warum fragst du das?“, sagte Mama verwundert.

„Weil ich es wissen will.“

„Papa hat doch mit dir geredet!“

„Hat er nicht.“

„Doch. Papa sagt, doch.“

„Bestimmt meint er das eine Mal im Arbeitszimmer“, sagte ich böse. „Papa sagte, wir würden bald mal wirklich reden.“

„Dann wird er das sicher tun", sagte Mama. Dann lachte sie sehr gekünstelt.

„Ich wollte dir die Briefe geben, weil sie dir gehören."

„Sie gehören Stefan", sagte ich. „Ich habe sie ihm geschrieben."

„Derjenige, für den die Briefe gemeint waren, hat sie nicht erhalten. Dann gehen sie zurück an den Absender. So macht man das auch bei der Post."

„Das heißt, als ich bei Oma Bos bleiben musste, hat Stefan schon nicht mehr bei euch gewohnt?"

„Darüber hat Papa mit dir geredet", sagte Mama schnell.

Sie stand auf und ging zur Tür.

„Warum ist es ein Geheimnis?", fragte ich. „Warum darf ich nicht wissen, wo Stefan ist?"

Mama blieb stehen.

„Manchmal tun Menschen Dinge, durch die sich alles ändert", sagte sie mit dem Rücken zu mir.

Ihre Stimme war eigenartig tief. Als würde jemand anderes anstelle von Mama reden.

„Ich habe dir die Briefe gegeben, damit du weißt, dass *er* sie nicht bekommen hat. Ich dachte, du würdest das verstehen."

„Ich würde *was* verstehen!?"

„Du brauchst nicht zu schreien, Juri Sterk. Ich kann dich prima hören."

„Ihr denkt nur an euch selbst!"

Mama schüttelte den Kopf. „Ich tue das alles hier deinetwegen, Junge."

Ich wollte nichts mehr sagen, aber mein Mund schrie weiter. „Meinetwegen? Ich darf Stefan meinetwegen nicht sehen?" Spucke flog mit den Worten nach draußen.

„Wenn du willst, dass ich weine, musst du so weitermachen", sagte Mama.

Das wollte ich nicht. Von allen Dingen auf der Welt ist das für mich das Schlimmste: wenn Mama weint.

Ich traute mich nichts mehr zu sagen. Das Zimmer hielt den Atem an. Mama hatte mir immer noch den Rücken zugedreht. Ich betrachtete sie. Sie atmete schnell. Und tief. Als würde sie gleich platzen. Ich saß einfach nur da und hoffte, sie würde sich umdrehen und „Entschuldigung" sagen. Einfach, damit alles wieder gut war.

„Dann mache ich mich jetzt an die Wäsche", sagte Mama.

Sie blieb stehen. So still wie eine Statue in einem Museum. Wollte sie, dass ich aus dem Zimmer ging? Ich nahm die Briefe und schlurfte an Mama vorbei zur Tür. Ihr Kopf hing herab. Ihre Haare versteckten ihr Gesicht. Ich wollte gern etwas sagen. Aber ich wusste nicht, was. Mama benahm sich dumm. Aber sie hatte mir auch die Briefe gegeben. Das war nett.

„Danke für die Briefe", sagte ich dann eben.

Mama erwiderte nichts, das heißt, ganz gut war es nicht. Aber mir fiel nichts anderes mehr ein.

Auf dem Flur schloss ich die Tür. Vielleicht würde sie mir nachkommen. Ich wartete. Vielleicht würde sie mich zurückrufen und mit mir reden. Über die Briefe und über dich und darüber, warum alles jetzt anders ist. Ich weiß nicht, wie lange ich gewartet habe. In Mamas Zimmer blieb es still. Wenn ich weiter wartete, würde Mama da vielleicht für immer stehen.

In meinem fantastischen Zimmer roch es nach Neu. Ich habe mich aufs Bett gelegt und die Umschläge durchgeblättert.

Alle waren sie da. Auch die, die ich mit links geschrieben hatte.

Was soll ich mit den Briefen, Stefan? Sie sind für dich, aber du liest sie nicht. Ich kann sie ebenso gut wegwerfen. Kann mich selbst ebenso gut wegwerfen. An mir hast du auch nichts.

Bleiben wir Brüder, auch wenn wir uns nie sehen? Oder werden wir dann etwas anderes? Fremde oder so?

Na ja, ich hebe die Briefe doch auf. Und mich selbst auch. Aber nur widerwillig. Ich lege sie in meine Schreibtischschublade. Da werden sie auf dich warten. So wie ich in diesem Haus auf dich warte.

Juri

Sonntag, 22. August

Hallo Stefan,

in der Hütte war es den ganzen Tag bullenheiß. Aber ich musste das doch machen. Heute ist der letzte Ferientag. Morgen beginnt für mich die Schule.

Einen nach dem anderen habe ich die Umzugskartons durchsucht. Ich habe jedes Fitzelchen in den Händen gehabt. Aber … ich habe nichts gefunden. Du bist verschwunden. Nein, das kann ich nicht sagen. Ich habe ja nicht die ganze Welt abgesucht. Für mich bist du verschwunden. Und für Papa und Mama.

Wo sind deine Sachen? Man hat sie irgendwohin gebracht. Das muss so sein. Das muss so sein!

Als ich den letzten Karton durchsuchte, wusste ich schon, ich würde nichts finden. Ich habe versucht, nicht daran zu denken, und mir gesagt: „Wirst sehen: In diesem Karton finde ich alles von Stefan!"

(Als ob alle deine Sachen in *einen* Karton passen würden.)

Ich hoffte weiter. Bis ich auf den Boden kam.

Panik. Ich hatte etwas übersehen. Ich stand auf und warf die Decke von der Hütte. Durch das Licht und die frische Luft konnte ich sofort besser denken. Ich nahm den ersten Karton, den ich durchsucht hatte, und zog ihn aus der Wand. Die stürzte teilweise ein. Es war mir egal. Ich musste jetzt diesen Karton durchsuchen. Einfach von vorn anfangen. Auf der Suche nach dem einen kleinen Ding von dir, das ich übersehen hatte: einem Stück Papier, einem Glas von deiner gelben Sonnenbrille oder der Ecke von einem Fußballbild. Aber ich stieß wieder auf dieselben Sachen: die alten Tennisschuhe, die BHs, das rote Auto, die Puppenhaus-Essecke und die Käsecracker.

Ich hatte alles gut durchgesehen. Jeden Karton, bis auf den Boden.

Du bist weg.

Ich habe die Hütte abgerissen. Sie ist zu nichts mehr nütze. Die Kartons habe ich nebeneinander vor die Heizung geschoben. Dann sah ich den Zettel:

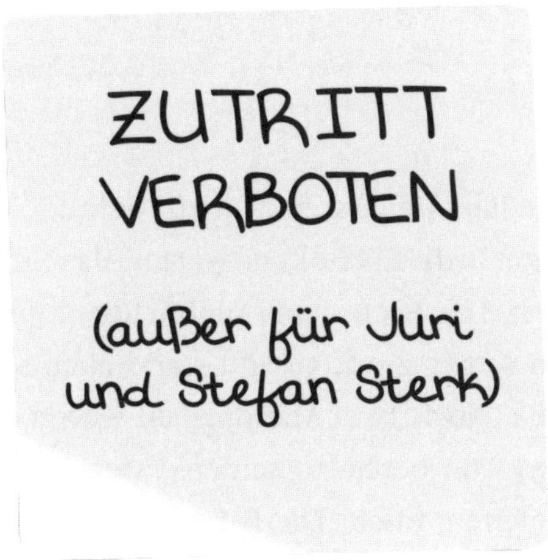

Er lag zerknittert auf dem Fußboden, wie ein Stück Abfall. Ich hob ihn auf. Ich wollte ihn zerknüllen, aber ich konnte es nicht. Unsere Namen so beieinander, das will ich nicht vergessen. Ich bin in mein Zimmer gegangen und habe das Papier in meine Schublade gelegt, unter die Briefe. Als Beweis für später.

Nach dem Abendessen bin ich sofort ins Bett gegangen.

„Du willst bestimmt fit sein für die Schule morgen", sagte Mama.

„Ja", sagte ich, „das wird es sein."

Ich schreibe jetzt im Bett hinter geschlossenen Vorhängen. Draußen ist es so hell, dass ich drinnen noch genug sehen kann.

Juri

Montag, 23. August

Hallo Stefan,

heute musste ich zum ersten Mal zur Schule.

Als ich runter in die Küche kam, wartete da schon meine Brotdose auf mich. Der Becher mit Yoghurtdrink (er ist undicht, das habe ich schon so oft gesagt) stand auch schon in einer Plastiktüte da. Noch zwei Mandarinen wegen der Vitamine, und Juri Sterk war bereit für seinen ersten Schultag.

Mama begleitete mich. Die Fahrräder brauchten wir gar nicht, so nah ist alles hier. Mama schritt tüchtig aus.

„Weitergehen, Juri!“, rief sie.

Ich schlenderte etwas hinter ihr her. Je näher wir der Schule kamen, desto langsamer wurde ich. Es war, als gäbe es ein Gummiband zwischen unserem Haus und mir. Es zog immer fester und fester, bis ich stehen blieb.

Mama drehte sich um und sah mich dastehen. Sie seufzte tief, nahm meine Hand und zog mich mit auf den Schulhof. Das Gummiband zerriss.

Hunderttausend Augen (na gut, das ist übertrieben, aber es waren sehr viele) schauten mich an, als wir den Hof überquerten.

In der Schule war es noch totenstill. Die Lehrerin Marja erwartet uns. Sie stand im Flur und hatte die Hände hinter dem Rücken. Schnell streckte sie Rechte vor, als sie uns kommen sah.

Lehrerin Marja ist ab jetzt meine Lehrerin.

„Da hätten wir Juri Sterk“, sagte sie. „Willkommen.“ Sie schüttelte mir die Hand.

Die Lehrerin spricht so leise, das es immer etwas dauert, bis mein Gehirn ihr Geflüster entziffert hat.

Ich zog meine Jacke aus. Die Lehrerin sagte wieder etwas, das ich nicht verstand. Um Zeit zu schinden, nickte ich einfach. Als sie den Haken am Garderobenbrett anfasste, kapierte ich es und hängte meine Jacke auf.

Aufgeregt redend ging Mama zum Klassenraum. Die Lehrerin folgte ihr mit kleinen Schrittchen. Dahinter kam ich angeschlurft. Schritt für Schritt, als hätte jemand einen guten Knoten in das Gummiband gemacht. Mama erzählte tausend Sachen. Es gefiele ihr ja so, dass sich die Menschen hier noch umeinander kümmern!

„Hier wird die sechste Klasse unterrichtet." Die Lehrerin zeigte auf die letzte Tür am Ende des Flurs. Die mit dem Poster der Niederlande.

In der Klasse legte Lehrerin Marja mir eine Hand auf den Rücken und schob mich sanft zwischen den Tischreihen hindurch. Ich schaute mich um. Auf die Fenster waren Radrennfahrer gemalt. Und auf den Kippfenstern darüber war ein Schwimmer zu sehen. Er wurde von den Fensterrahmen in Stücke gehackt.

„Die Olympischen Spiele sind das Thema, mit dem wir dieses Schuljahr beginnen", sagte die Lehrerin und zeigte auf die Pinnwände hinten im Klassenraum. Da hingen ein paar Fotos von Turnern, Eishockeyspielern und Stabhochspringern.

Ich ging und betrachtete sie eins nach dem andern. Mama stellte sich neben mich und starrte auf ein Bild mit einem Turner. Ihr Gesicht kam seiner engen Sporthose immer näher. „Ich kann seine Beule sehen", sagte sie plötzlich.

Ich spürte, wie meine Wangen rot wurden.

Die Lehrerin fasste mich bei den Schultern und schob mich zu einem Tisch in der Mitte des Klassenraums. „Das hier ist dein Platz", sagte sie. „Du kannst deine Sachen in die Schublade packen."

Ich zog den Stuhl zurück und setzte mich. Er hatte ein Wackelbein. Mein Essen für die Pause legte ich auf den Tisch. Der war voller Kratzer, ausgemalt mit blauer und schwarzer Tinte.

WER DAS HIER LIEST,
FRISST KACKE

stand oben rechts geschrieben. Ich schob meine Brotdose darüber.

Mama lachte laut. Sie stand mit der Lehrerin vor der Tafel und legte ihre Hand auf deren Arm. Ihr Geschnatter wollte einfach gar kein Ende nehmen. Wackelnd wartete ich, bis es schellte und der Tag anfing.

Die Klasse füllte sich mit Schülern und Schülerinnen. Fünfundzwanzig Kinder starrten mich an.

Ein Mädchen schleuderte seinen schlaffen Rucksack auf den Tisch neben meinem.

„Ich bin Denise", sagte sie.

„Juri", sagte ich.

„Nur damit das klar ist", sagte Denise, „ich gehe mit Bas, das heißt, du musst nicht meinen, zwischen uns könnte das etwas werden. Bloß weil du neben mir sitzt, meine ich."

Als ob sie das zu sagen brauchte! Ich meine: Ihre Leggins

schlabberten an ihrem Hintern. Wer will denn mit so einer gehen?

Ich guckte schnell, ob irgendwo sonst noch ein Tisch frei war. Leider nein. Das ganze Jahr sitze ich also neben Denise und ihren Schlabberleggins.

Mama plapperte immer noch. Die Lehrerin öffnete den Mund, um etwas zu sagen, aber sie kam nicht dazwischen.

„Ich geh dann mal!", flötete Mama, als sie auf mich zukam. Sie gab mir einen klebrigen Kuss auf den Mund (schon blamiert!) und winkte der Klasse zu wie eine Königin. Alle guckten auf Mama, als wäre sie verrückt.

„Tschüss, Klasse, einen schönen Tag!", rief sie. „Und lernt schön, ja, und hört gut auf eure Lehrerin Maria!"

„Ich heiße Marja", verbesserte sie die Lehrerin. Aber Mama war schon weg. Und die Lehrerin bekam die Stille fast nicht übertönt.

Die Lehrerin fragte, ob wir schöne Ferien gehabt hätten. Es gab Ja-Rufe, und einige Kinder erzählten, wohin sie gefahren waren. Frankreich! Italien! Amerika! Ich sagte nichts. Meine Ferien waren zu seltsam gewesen, und dann könnte mich niemand mehr leiden.

„Wie ihr seht, haben wir ein neues Gesicht in der Klasse. Juri, kommst du und stellst dich kurz vor?"

Ich stand auf und ging nach vorn. Hinter mir wurde gelacht. Hatte mir jemand was auf den Rücken geklebt? Ich stellte mich neben die Lehrerin. Sie legte ihre Hand auf meine Schulter und zog mich an sich.

„So", sagte sie, „jetzt erzähl mal: Wer ist Juri Sterk?"

Ich wartete darauf, dass mir die witzigen Sätze darüber,

wer ich bin und was ich alles mache, aus dem Mund purzelten. Aber da purzelte nichts. Es blieb totenstill. Ich fing an zu schwitzen. Was sollte ich sagen? Ich begann mit einem guten, langen „Ähhh“. So. Der Anfang war gemacht. Die Klasse wusste jetzt, dass meine Stimmbänder funktionieren. Natürlich habe ich genug zu erzählen, aber wenn man sein ganzes Leben in ein paar Sätze quetschen soll, fällt die Auswahl schwer. Ich machte die folgende brillante Aussage: „Tag, ich heiße Juri Sterk und ich wohne in einem Haus.“ Nachdem ich das gesagt hatte und alle mich anschauten, als wollten sie sagen: „Ja, und?“, versuchte ich, noch etwas daraus zu machen. Ich tat, als wäre das der Anfang meiner großartigen Geschichte und als liefe ich jetzt erst warm. Ich wollte den Namen unserer Straße nennen, aber der fiel mir auf einmal nicht mehr ein. Ich begann zu stottern, sagte dann „so“ und setzte mich wieder auf meinen Platz.

„Ich höre schon“, sagte die Lehrerin, „du hältst sie in Spannung bis zur Pause.“

Zum Glück verstand von den anderen keiner, was sie gesagt hatte.

Die Lehrerin fragte, ob jemand eine Frage an mich hätte. Es waren sehr nette Fragen. Lex, ein Junge, der einen Kopf kleiner ist als das kleinste Mädchen der Klasse, fragte, ob ich Haustiere habe. Huberta fragte, ob ich irgendeinen Sport mache. Ich hörte erst ihre Frage überhaupt nicht, weil sie so schiefe Zähne hat. Ich meine, sie spricht zwar deutlich, aber ich war abgelenkt. Ihre Vorderzähne standen schräg übereinander, wie die Pfoten eines Hundes mit X-Beinen. Danach fragte Ben, wo ich vorher gewohnt habe. Und dann fragte ein Mädchen, das Lonneke heißt, nach dir. Das heißt, sie fragte nicht: „Wo ist dein Bruder, wo ist Stefan?“, sondern: „Hast du Geschwister?“ Was für eine doofe Frage. Aber sie klang fröhlich, weil Lonneke sie fröhlich stellte. Und weil sich ihre Zöpfchen mitbewegen, wenn sie spricht.

„Hast du Geschwister?“, fragte Lonneke noch einmal.

Ich war mir nicht mehr sicher. Habe ich Geschwister? Ich habe einen Bruder. Nur, wo ist er?

Ich dachte zu lange nach. Ich hörte mich selbst atmen. Ich musste etwas sagen. Sonst plappere ich drei Kilometer an einem Stück durch, aber seit wir hier wohnen, gelingt mir das nicht mehr.

Ich wollte nicht lügen. Aber ich wollte auch nicht sagen: Ich habe einen Bruder; ich weiß bloß nicht, wo er ist. Was nun? Ich wusste sicher, dass ich keine Schwestern habe, also sagte ich das.

Die Lehrerin nickte. „Und Brüder?“

Hatte ich Brüder? Nein, das wusste ich auch sicher: Mehr als einen Bruder habe ich nicht.

„Ich habe keine Brüder“, sagte ich mit einem extra lauten und langen Ü.

„Also ein Einzelkind“, sagte die Lehrerin.

Das hatte ich nicht gesagt, aber was Lehrerin Marja sich zusammenfantasiert, muss sie selbst wissen.

„Dann bin ich nicht mehr allein“, sagte Lonneke.

Ich verstand nicht, was sie meinte.

„Alle hier haben Geschwister“, erklärte Lonneke. „Nur ich nicht. Ich bin allein.“ Sie drehte an einem Zopf. „Aber jetzt nicht mehr.“ Ihre Augen begannen zu funkeln. „Jetzt habe ich dich.“

„Das ist schön, nicht?“, sagte die Lehrerin zu Lonneke.

Lonneke nickte.

Ich lächelte, aber bloß mit dem Gesicht, nicht mit meinem Gefühl.

Ich habe keine Brüüüder oder Schwestern, das stimmt. Ich habe einen Bruder. Ich habe gelogen und ich bin gleichzeitig ehrlich gewesen.

Dein Bruderrrr,
Juri

Dienstag, 24. August

Hey Stefan,

heute bin ich ganz allein losgefahren. Erst mit dem Bus, danach mit der Bahn. Ich ~~war~~ bin so böse auf Mama.

Ich war aus der Schule gekommen und hatte in der Küche ein Glas Limonade im Stehen getrunken. Es war den ganzen Tag schon knallheiß. Wenn man sich setzte, klebten einem die Beine am Stuhl.

Ich hörte schnelle, laute Schritte auf der Treppe. Mama kam hereingestürmt und sagte, ich solle mitkommen. Bevor ich etwas sagen konnte, rannte sie wieder die Treppe hoch. Ich trottete hinter ihr her. Sie hatte nicht „Hey" oder „Hallo" gesagt. Sie fragte nicht, wie mein zweiter Schultag gewesen war. (Ging so.) Mama war sicher schon an meine neue Schule gewöhnt. Sie schon.

„Bist du an den Kartons gewesen?“, fragte sie böse, als wir ~~im Arbeitszimmer~~ in deinem Zimmer standen.

„Wieso?“, fragte ich.

„Antworte mir, wenn ich dich etwas frage!“

„Warum sollte ich in den Kartons gewesen sein?“

„Ich frage nicht, ob du mit dem Hintern dringesessen hast, ich will wissen, ob du etwas daraus genommen hast.“

„Ich habe eine Hütte gebaut. Aber damit bin ich fertig.“

„Das frage ich nicht, Juri. Hast du etwas aus den Kartons genommen?“

„Ich habe reingeschaut. Und alles wieder ordentlich zurückgetan.“

„Ich vermisse Sachen“, sagte Mama. „Und du darfst mir erzählen, wie das sein kann.“ Sie verschränkte die Arme vor der Brust. „Na?“

„Vielleicht, weil ihr alles in Umzugskartons geworfen habt und dann Hals über Kopf abgehauen seid?“, sagte ich so, als würde ich echt mit ihr mitdenken.

„Also darauf habe ich keine Lust“, sagte Mama. „Ich komme schon selbst dahinter.“ Sie ging hinaus auf den Flur.

„Wo sind Stefans Sachen?“, fragte ich.

Auf ihren Latschen klapperte Mama die Treppe hinunter.

„Ich will Stefans Sachen sehen!“, rief ich und rannte ihr nach.

„Ach, wollen kann man vieles“, sagte Mama. Ihre Stimme hämmerte im Takt ihrer Schritte auf der Treppe: „Ich zum Beispiel würde wollen, dass du deine Pfoten von meinen Sachen lässt. Aber das tust du auch nicht.“

„Das musst du gerade sagen“, sagte ich. „Du ziehst mein ganzes Leben um, ohne mich vorher zu fragen.“

„Ich brauche dich nichts zu fragen. Das brauchen Mütter nicht."

„Eine schöne Mutter bist du", murmelte ich. Ich wusste nicht, ob sie mich gehört hatte.

Mama ging in die Küche, nahm einen Kopf Endiviensalat aus dem Kühlschrank und warf ihn auf die Arbeitsplatte. „Wenn du wüsstest, was ich alles für dich tue, würdest du dir die Augen aus dem Kopf schämen, dass du so mit mir redest."

„Du kannst mich mal, dumme Kuh!", platzte es aus mir heraus. Ich wusste gar nicht, woher das kam. Derartige Dinge sage ich nie.

„Du hörst dich ja schon an wie dein Bruder", sagte Mama und warf ein Schneidbrett auf den Küchentresen, halb auf den Endiviensalat.

„Vielleicht verwandele ich mich ja in Stefan", sagte ich. „Dann bist du ihn immer noch nicht los. Oder tust du mich dann auch weg?"

Da holte Mama aus. Sie traf mich gut. Ein klatschender Schlag auf meine Wange.

„Geh mir aus den Augen, du Rotzlöffel!" Mama sagte es mit zusammengebissenen Zähnen.

Ich wollte noch einmal „dumme Kuh" sagen, aber das ging nicht. Ich sah, dass Mama fast weinte. Die Tränen standen ihr in den Augen. Einmal zwinkern und es war geschehen.

Mama nahm ein Messer und hackte auf den Endiviensalat ein. Ich ging aus der Küche und warf die Tür zu.

„Sei leise mit der Tür!", schrie Mama.

Ich öffnete die Tür wieder und schlug sie noch fester zu. Dumme Kuh!

In meinem Zimmer. Ich stand da und schnaubte vor Wut. „Geh mir aus den Augen, du Rotzlöffel!", hörte ich in meinem Kopf.

„Wie du willst!", sagte ich leise.

Ich nahm meine Spardose und warf sie gegen die Wand, wo sie zerbrach. Münzen flogen durchs Zimmer, auf mein Bett und unter meinen Schreibtisch. Ich las sie zusammen und stopfte mir die Taschen voll.

Für den Bus langte mein Geld. Aber für den Zug reichte es nur für die Hinfahrt. Prima. Ich fuhr zu unserem richtigen Haus. Eine Rückfahrt war nicht nötig.

Mit einem schrillen Quietschen fuhr der Zug in den Bahnhof ein. Gerade als er stehen blieb, ging mein Handy.

ANRUF MAMA

stand auf dem Bildschirm. Ich schaute es einfach nur an, während mein Handy klingelte und vibrierte. Dann drückte ich Mama weg. Ich hatte keine Lust, mit ihr zu reden. Ich drückte lange auf den roten Knopf. Der Bildschirm wurde schwarz.

Tschüss, Mama. Auf Nimmerwiedersehen.

Ich glaube, der Schaffner hatte schon gepfiffen. Die Türen gingen zu. Auch das verdarb Mama mir noch. Ich rannte, so schnell mich meine Beine trugen. Da war noch ein kleiner Spalt. Ich sprang.

Etwas umfasste meinen Fuß. Ich streckte die Hände vor und knallte auf den Boden des Zuges. Mein Fuß steckte zwischen den Türen fest. Ich zerrte mit beiden Händen an meinem Bein. Die Gummiränder der Türen gaben nicht nach. Ich zog fester. Mein Fuß rutschte aus dem Schuh. Die Türen schlossen sich. Mein Schuh war verschwunden.

Ich lag auf dem Boden und keuchte noch. Ruckelnd setzte sich der Zug in Bewegung. Was ich gemacht hatte, war sehr gefährlich gewesen. Ich hätte auf die Schienen fallen können. Dann wäre der Zug jetzt über mich gerollt. Es war lebensgefährlich, und doch war ich gesprungen. Das war mir in der Millisekunde, die ich darüber nachgedacht hatte, als das Beste vorgekommen. Bin ich so dumm? Sterbe ich lieber, als auf den nächsten Zug zu warten?

Den Rest der Reise dachte ich darüber nach. Auf einem Klappsitz zwischen den Abteilen. Da war es schön ruhig (keine Leute) und schön laut (durch den Zug).

Ich wurde nicht kontrolliert, das heißt, ich hätte die Karte ebenso gut nicht kaufen können.

Auf einem Sportschuh und einer weißen Socke stieg ich aus dem Zug. Es hatte angefangen zu regnen. Ich sah besonders seltsam aus, weil ich auch noch eine kurze Hose anhatte. Aber das war mir gleich. Ich war zu Hause.

So gut es ging, folgte ich unserer Strecke: unter dem Tunnel durch an den rasenden Autos vorbei, durch die niedrigen Eisentore (weißt du noch, wie Tims Zunge daran festgefroren war?), an den Wohnblocks vorbei in unser Viertel. Die Straßen waren leer. Bei diesem Wetter hockten alle drinnen. Mein T-Shirt klebte mir auf der Haut.

Ich bog in unsere Straße ein. Alles war noch genau dasselbe. Wir wohnen nicht mehr hier, und doch hat sich nichts geändert. Die Leute saßen drinnen. Auf dem Sofa oder im Sessel. Sahen fern oder lasen ein Buch.

Thijs stand oben an seinem Fenster. Durch die Jalousien beobachtete er mich. Er hob die Hand. Ich auch. Dann verschwand er. Auf einmal öffnete sich die Haustür.

„Hey", sagte Thijs.

„Hey", sagte ich.

„Was machst du?"

„Im Regen stehen", sagte ich. Darüber musste er lachen. Ich auch, ein bisschen.

„Ihr seid doch umgezogen?", fragte er.

„Ja", sagte ich.

„Warum?"

„Weiß ich nicht."

„Ach."

„Thijs? Thijs, wer ist das?" Seine Mutter stand plötzlich hinter ihm. Sie zog ihn weg und stellte sich vor ihn. Als sie mich sah, zog sie Thijs am Arm wieder vor sich.

„Tag, Juri." Sie betrachtete mich mit einem angestrengten Gesicht. Als ob sie kacken müsste. Dann sagte sie: „Wirst du nicht fürchterlich nass so?"

Das erschien mir ziemlich logisch. Haargel tropfte mir von der Stirn in die Augen. Es brannte, aber ich tat so, als spürte ich nichts, und strich meine Haare nach hinten.

„Geht so", sagte ich.

„Möchtest du vielleicht etwas Süßes? Oder ein Butterbrot?"

„Nö, nicht nötig", sagte ich. „Ich wollte sowieso gehen."

„Ach, na, dann alles Gute", sagte Thijs' Mutter.

„Tschüss, ja?", sagte Thijs.

Die Haustür ging zu.

Ich lief weiter.

Ich sah den Laternenpfahl, auf den ich irgendwann mal für dich mit einem dicken schwarzen Stift STEFAN WAS HERE schreiben musste. Ich rieb mit dem Finger über die Buchstaben. Selbst im Regen blieben sie stehen. STEFAN WAS HERE FOREVER.

Je näher ich unserem Haus kam, desto öfter musste ich schlucken. Ich führte Selbstgespräche im Kopf. Was sollte ich sagen, wenn schon neue Leute in unserem Haus wohnten?

Meine Kleidung war durchnässt. Bei jedem Schritt schmatzte es in meinem Schuh.

Vor dem Fenster der Nachbarin Fien blieb ich kurz stehen. Sie saß in ihrem Lehnsessel und las. Wie schön mir das jetzt vorkam, da in diesem Sessel zu sitzen. Ich wusste genau, was ich tun würde: die Beine hochziehen und meine Hände darum legen. Mich zu einer Kugel zusammenrollen, wie eine Katze das kann oder ein Igel, und ein bisschen schlafen. Und das wäre schöner als sonst, weil es draußen regnete und es drinnen wunderbar trocken war.

Da klopfte es ans Fenster. Tante Fien hatte mich gesehen. Sie winkte und machte mir ein Zeichen hereinzukommen. Ich schüttelte den Kopf. Ich wollte weiter zu unserem Haus. Aber durch das große Fenster sah ich, wie Tante Fien in kleinen Schritten zum Flur schlurfte. Langsam öffnete sich die Haustür. Da stand sie. In einem langen, hellblauen Kleid mit gelben Sternchen.

„Juri! Wie nett! Was machst du denn hier? Komm bitte aus dem fürchterlichen Regen, mein Junge."

Sie winkte mir.

„Hallo, Tante Fien", sagte ich, blieb aber stehen, als wollte ich mit meiner Schuhsohle die Gehwegplatten trocken halten.

„Komm her, bitte", sagte Tante Fien fast flehend.

„Ich habe es eilig", sagte ich.

„Wieso denn das?"

„Ich besuche mein Haus."

„Richtig", sagte Tante Fien. „Richtig. Ja, auch Häuser brauchen Besuch." Sie zögerte kurz. „Magst du hereinkommen?"

„Nein, danke."

„Du bist willkommen, das weißt du."

Ich nickte.

„Wie …" Tante Fien suchte nach Worten. Sie schaute auf die Fußmatte, als würde sie die da finden. „Es geht mich nichts an, aber … ist alles gut mit deinen Eltern?"

„Ich weiß nicht", sagte ich.

Tante Fien biss sich auf die Unterlippe. „Und du? Wie geht es dir?"

„Das weiß ich auch nicht, Tante Fien. Ich weiß es echt nicht. Ich weiß nichts mehr."

Tante Fien schaute mich lieb an, so als wollte sie mich knuddeln.

„Das ist nicht schlimm, Juri. Das darf durchaus mal sein. Du brauchst nicht alles zu wissen."

Es regnete jetzt stärker. Dicke Tropfen trommelten mir auf den Kopf.

„Juri, komm bitte herein. Sonst wirst du am Ende noch krank."

Ich seufzte. Sie hatte recht.

Über den Kiesweg kam ich auf sie zu.

„Was gehst du so merkwürdig?" Tante Fiens Kopf beugte sich hinunter zu meinen Füßen. „Warum hast du nur einen Schuh an?"

Sie nahm mich bei der Hand und zog mich in den Hausflur.

Ich tropfte wie ein schmelzendes Eis auf ihrer Fußmatte.

„Ich habe ihn verloren", sagte ich. „Ich habe ihn verloren." Und dann musste ich heulen. Denn ich meinte meinen Schuh, aber ich dachte an dich.

„Deswegen brauchst du doch nicht zu weinen", sagte Tante Fien, „wegen so einem dummen Schuh."

„Nein", sagte ich.

„Oder ... oder ist es gar nicht der Schuh, um den du weinst?"

Ich schluckte und schaute hoch zu Tante Fien. „Ich weiß es nicht."

„Was weißt du darüber?" Sie kam sehr nahe. Ich roch Kaffee und etwas Süßes. „Über deinen SCHUH?" Sie lächelte, aber ihre Augen und ihre Stimme waren sehr ernst.

Wusste sie etwas über dich?

„Von meinem SCHUH weiß ich, dass er weg ist", sagte ich. „Er ist an einem Ort, wo es ihm besser geht als zu Hause. Aber wo das ist, weiß ich nicht."

„Richtig", sagte Tante Fien. „Richtig."

Sie zog mein T-Shirt gerade. Sie bückte sich, holte ein Taschentuch aus dem Ärmel ihres Kleides und wischte mir damit übers Gesicht. Ich hoffte so, dass es ein sauberes war.

„Und bestimmt willst du wissen, wo dein SCHUH ist?", fragte Tante Fien.

„Und was passiert ist“, sagte ich. „Ich muss wissen, was passiert ist.“

„Bist du dir sicher?“ Sie rieb meine Ohren trocken.

„Ganz sicher“, sagte ich und nickte ein paarmal dazu.

„Alles zu wissen ist nicht immer angenehm. Du kannst enttäuscht werden, mein Junge. Es kann dir das Herz brechen.“

„Aber nicht mein SCHUH“, sagte ich.

Tante Fien lächelte und schwieg einen Moment. „Vielleicht versuchen deine Eltern, dich zu beschützen.“

„Ich bin kein kleines Kind mehr“, sagte ich.

„Du bist erst zehn.“

„Elf! Beinahe zwölf.“

Ich sah Tante Fien an, dass sie es absichtlich falsch gesagt hatte.

„Ach richtig, stimmt ja. Du wirst langsam ein richtiger Kerl!“

Tante Fien dachte tief nach.

„Hör zu, Juri. Wenn du wirklich wissen willst, was geschehen ist, dann wirst du es herausbekommen. Aber überleg dir, worauf du dich da einlässt. Du wirst nicht ohne Schrammen davonkommen.“ Sie schaute auf meine Füße. „Einen Schuh hast du schon verloren.“ Sie nahm meine Hände und zog mich an sich. „Und du wirst vielleicht noch mehr verlieren als das.“

Ich schluckte. Aber ich war mir sicher: Ich muss wissen, was passiert ist.

„Aber“, sagte Tante Fien, „du stehst nicht allein da.“ Sie schaute mir tief in die Augen. „Das fühle ich.“

„Werden Sie mir helfen?“

„Vielleicht. Vielleicht nicht. Wer kann das sagen? Es gibt immer jemanden, der einem eine helfende Hand entgegenstreckt."

Und dann konnte ich es nicht lassen. Ich musste es fragen. „Wissen Sie, wo Stefan ist?"

Tante Fien drückte mir mit dem Zeigefinger den Mund zu.

„Pst. Wir sprechen hier von Schuhen, Juri. Von Schuhen." Sie stützte sich auf mich und stand wieder auf. „Deine Nachbarin mag zwar alt sein, aber ihr Gedächtnis ist prima. Wir sprachen von Schuhen. Von diesen Dingern an den Füßen. Mit Schnürsenkeln, ohne Schnürsenkel. Und ich werde dir noch etwas über Schuhe sagen: Man kauft immer zwei, auch wenn man nur ein Bein hat."

Sie ging zu dem Flurschrank und kramte darin herum.

„Hier, mein Junge", sagte sie und gab mir einen rosa geblümten Regenschirm. „Eine Speiche ist kaputt, aber bis nach nebenan schaffst du es damit noch." Sie lächelte. „Und ich habe noch etwas für dich." Sie hielt einen braunen Pantoffel in der Hand. „Er ist noch von meinem Mann. Habe ich die ganze Zeit aufbewahrt, seit er nicht mehr ist. Und jetzt kommen uns die alten Pantoffeln doch gerade recht. Oder jedenfalls einer." Sie hob mein Bein hoch und schob mir den Pantoffel an den Fuß. „Geh. Häuser haben es nicht gern, wenn man sie warten lässt."

Ich trat hinaus.

„Gib gut auf dich acht", sagte Tante Fien.

„Das verspreche ich."

Ich hob den Regenschirm hoch.

„Tschüss, Tante Fien."

Ich hörte die Haustür ins Schloss fallen. Und ich fragte mich, ob ich sie je wiedersehen würde.

Mit dem zu großen Pantoffel am Fuß schlappte ich an der Koniferenhecke vorbei. Da war unser Haus: die Fassade aus roten Ziegeln, die grüne hölzerne Haustür mit dem runden Fensterchen, der Garten mit dem geschlängelten Weg. Es war, als wäre ich nie weggewesen. Oder als hätte ich dieses Haus nicht vor fünf Wochen zum letzten Mal gesehen. Über dem Wohnzimmerfenster waren dicke schwarze Streifen auf den Steinen. So als hätte jemand mit einem Schwamm Rußwolken darauf gemalt.

Wie kommen die dahin? Warst du das, Stefan?

Durchs Wohnzimmerfenster schaute ich quer durch unser Haus hindurch in den Garten. Unser Haus ist leer. Es stehen keine Sachen darin. Hier wohnt niemand. Unser Haus sieht aus wie ein Schädel, ein Schädel mit einer schwarzen Narbe. Ein Schädel mit zwei großen Schlafzimmerfenstern als Augenhöhlen, und das Fenster vom Wohnzimmer unten in der Mitte als zahnloser Mund. Und während ich da hineinspähte, sah ich die weißen Innenwände des Schädels. Da standen keine Stühle, keine Tische, keine Pflanzen. Nichts. Unser Haus ist tot.

Im Vorgarten ist ein Schild aufgestellt, auf dem

ZU VERKAUFEN

steht. Unser Haus steht zum Verkauf, Stefan! Wenn jemand genug Geld hinblättert, gehört unser Haus ihm. Unser Haus. Unsere Fenster, unsere Türen, unsere Zimmer. Unser Schädel.

Ich ging über den Schlängelweg zur Haustür. Ich musste an die anderen Male denken, als ich hier über den Weg gegangen war: Wenn ich von der Schule kam, vom Spielen auf der Straße oder von einem kurzen Einkauf. Nie hatte ich über dieses Haus nachgedacht. Ich wusste nicht mal, dass man etwas für ein Haus empfinden kann. Aber man kann, Stefan. Das Gefühl steckt oben in deiner Brust. Und du spürst es im Hals. Es lässt dich schneller atmen und um den Mund herum zucken. Und du fühlst es an den Augen. Die macht es warm und wässrig. Sogar im Regen.

Ich starrte auf die Ziegelsteine. Sie sehen alle verschieden aus, wenn man gut hinschaut. Bei jedem Stein fehlen andere Stückchen. Jede Fuge hat eine andere Form. Ich versuchte, mir alles zu merken, jedes kleine Teil in meinem Gehirn abzuspeichern.

In den Steinen neben der Tür waren vier Löcher. Da hatte das Schild mit unseren Namen gehangen:

Ich rüttelte an der Klinke. Die Haustür war fest verschlossen. Was nun? Ich ging hinten herum, zu unserem Tor. Auch abgeschlossen. Wenn ich in unseren Garten wollte, musste ich klettern. Ich klappte den Regenschirm zusammen und hängte ihn an den Zaun. Dann konnte ich ihn auf dem Rückweg wieder mitnehmen. Ich trat etwas von dem Tor zurück, nahm einen kleinen Anlauf und sprang. Oben griff ich zu und hielt mich fest. Ich drückte mich hoch und trat mit den Beinen, um höher zu kommen. Der Pantoffel war keine Hilfe. Meine Brust scheuerte über den Rand. Ich schwang ein Bein darüber und noch eins, und sprang an der anderen Seite des Tors hinunter.

In meiner Brust brannte es. Ich rieb kleine Kreise über den Schmerz.

Der Garten sah aus wie ein Urwald. Das Gras stand hoch und es wuchsen mehr Unkrautsorten als Gartenpflanzen darin.

Ich hatte gehofft, den Hausschlüssel unter der Mülltonne zu finden. Aber da stand keine Mülltonne mehr. Ich rüttelte an der Hintertür. Sie ließ sich nicht bewegen. Auch das Oberlicht darüber saß felsenfest. Durch die Glasscheibe der Hintertür sah ich, dass der Schlüssel innen im Schloss steckte. In meinem Bauch wurde es weich, als ob alles da drinnen wie ein Schlabberpudding in sich zusammenbrach. Ich wusste, was ich zu tun hatte. Und außerdem: Ist es wirklich ein Einbruch, wenn man in sein eigenes Haus einbricht?

Aus der Reihe von Ziegelsteinen, mit denen Papa den Garten eingegrenzt hatte, ruckelte ich einen los. Es war ein großer, der musste schwer genug sein. Ich ging ein Stück zurück und holte tief Luft. Ich hob den Stein mit einer Hand hoch und warf. Er flog durch die Scheibe und knallte drinnen auf die Fliesen. Glas splitterte und fiel klirrend zu Boden. In der Scheibe gähnte ein großes Loch. Ich nahm einen neuen Stein aus dem Garten und klopfte damit noch etwas mehr Glas weg. Dann konnte ich meine Hand hindurchstecken und den Schlüssel umdrehen.

Im Wohnzimmer zog ich meinen Schuh und den Pantoffel aus. Auf zwei nassen Socken ging ich durchs Haus. Meine Schritte hallten wider. Als ich sehr gut hinhorchte, hörte ich sogar die Wassertropfen, die von meiner Kleidung auf den Boden fielen.

Ich schlich an den Wänden entlang. Keiner durfte mich sehen. Leise öffnete ich die Wohnzimmertür und trat in den Flur. Ich drückte auf den Lichtschalter, aber keine Lampe ging an. Aus der Decke schauten nur zwei Stromdrähte hervor. Geräuschlos (abgesehen von den knarrenden Holzstufen der Treppe) ging ich nach oben. Dort standen alle Türen einen Spalt weit offen. Mit einer Faust drückte ich gegen meine Schlafzimmertür. War dieses kleine Kabuff mein Zimmer gewesen? An den gelben Linien auf der Tapete konnte ich sehen, wo meine Sachen gestanden hatten. Mein Zimmer schien geschrumpft zu sein, seit ich weg bin.

Ich ging zurück auf den Flur. Auf der Tür deines Zimmers konnte man an den restlichen Klebestreifen sehen, wo dein Ferrari-Poster gehangen hatte. Ich drückte gegen die Tür, und sie öffnete sich quietschend ein Stück. Es roch hier nach dir! Ich schloss die Augen, und für einen Moment war alles gut. So war es vor fünf Wochen gewesen. Da hatte ich dieses Gefühl immer. Warum war ich damals denn nicht so froh gewesen wie jetzt? Warum dachte ich damals, es würde immer so bleiben? Mein Atem ging schneller. Ich rief dich. Meine Stimme hallte durchs Haus. „Stefan?“ Du könntest hier sein. Du könntest mich heimlich belauschen. Ich wartete darauf, dass du etwas sagen würdest. Aber ich wusste auch, du würdest das nicht tun. Als ich die Augen öffnete, war da nur das leere Zimmer. Wo sind deine Sachen? Hier waren sie auch nicht. Die gelben Linien bewiesen, dass sie aber hier gewesen waren. Ich folgte den Linien mit dem Finger. Wie oft sind wir zusammen in diesem Zimmer gewesen. Um am Computer zu sitzen oder Spiele zu spielen. Ich setzte mich auf den Boden und schaute durchs Fenster nach draußen. Es hatte aufgehört zu regnen, und die dunkelgelbe Sonne schien sanft herein. Was für ein herrliches Zimmer! Ich legte mich in das warme Sonnenlicht. Dann sah ich die Fußleiste, und es fiel mir wieder ein. Die Ferien am Meer! Ich kroch zu ihr hin und zog daran. Die Fußleiste bog sich ein Stück, und ich sah etwas in einem Loch in der Wand schimmern. Ein Glück. Das hier konnten Papa und Mama nicht wissen. Das hatten sie uns nicht wegnehmen können. Ich zwängte meine Finger zwischen die Wand und die Fußleiste. Ich musste fest drücken, um sie weit genug dahinter zu bekommen. Mit der Spitze meines Zeigefingers reichte ich gerade bis dahin. Aber ich bekam ihn zu fassen. Ich zog ihn hinter der Fußleiste hervor und pustete ihn sauber.

Weißt du, wovon ich spreche? Erinnerst du dich noch daran? Der glatte lila Stein, den wir irgendwann zusammen am Strand gefunden haben. Wir entdeckten ihn zusammen. Wir griffen zusammen danach. Wir hielten ihn zusammen fest. Und dann hast du mich auf einmal geschlagen, weil du meintest, er gehörte dir, weil du der Ältere bist. Wir haben uns so lange darüber gestritten, bis Mama uns den Stein wegnahm und sagte, dann gehöre er eben keinem von uns beiden. Es gehe nun mal nicht anders. Mama steckte den Stein für den Nachmittag in ihre Tasche. Zu Hause suchten wir einen geheimen Ort, um ihn aufzubewahren. Auch darum stritten wir uns. Schließlich entschieden wir uns doch für diese Stelle hinter der Fußleiste, weil wir beide der Meinung waren, dass das die geheimste Stelle im ganzen Haus war. (Und weil die Fußleiste nirgendwo sonst locker war. Obwohl ich mit einem Schraubenzieher versucht habe, das zu ändern. Jetzt weißt du, woher die Löcher in der Wand meines Zimmers kommen.)

Du brauchst keine Angst zu haben, dass ich den Stein für mich behalten will. Diesmal wusste ich es sofort: Er gehört dir. Du darfst kommen und ihn dir holen, wenn du willst. Wenn du kannst. Ich werde ihn für dich aufheben.

Ich legte mich auf die Seite. Den Stein hielt ich in der Faust. Ich legte den Kopf darauf und machte die Augen zu. Es fühlte sich an, als würden wir wieder hier wohnen: Papa, Mama, du und ich. Dafür brauchte ich mich gar nicht anzustrengen. Ich bekam von selbst eine Gänsehaut. Wäre alles nur wieder so wie vorher, dachte ich. Schnell öffnete ich die Augen. Nein, es muss heißen: Wären manche Dinge nur wie vorher und manche Dinge ein bisschen anders. Das zu denken war nicht nett, dafür aber ehrlich. Du weißt doch, was ich meine, Stefan? Es sind Dinge, die mit dir zu tun haben. Dein Schreien und Türknallen, wenn Mama mit dir reden will. Oder dass du gefährliche Sachen machst. Oder dich mit Leuten streitest, die du überhaupt nicht kennst.

Wenn wir wieder hier wohnen, musst du mir versprechen,

damit aufzuhören. Vielleicht können wir diesen Brief dafür gebrauchen. Dann setzen wir mit einem teuren Füller beide unsere Unterschriften darunter. Du, weil du versprichst, dich zu benehmen. Ich, weil ich mir noch mehr Mühe geben werde, dir dabei zu helfen. Denn Mama hatte unrecht. Du bist wohl zu retten, das weiß ich sicher.

Die Sonne versank langsam hinter den Hausdächern auf der anderen Straßenseite. Ich betrachtete sie, bis mir die Augen zufielen.

Das Nächste, woran ich mich erinnere, ist ein harter Schlag.

Erschrocken wachte ich auf. Es war dunkel. Meine Hand mit dem Stein darin war verkrampft und tat weh. Durch dein Schlafzimmerfenster sah ich den hellen, silbernen Mond. Ich hörte Schritte auf der Treppe und zuckte zusammen. Die Schritte näherten sich. Sie gingen in ein anderes Zimmer. Durch das Oberlicht über der Tür sah ich Lichtblitze. Ich rutschte über den Boden, bis ich nicht mehr weiterkonnte. Die Rippen der Heizung drückten sich mir durch mein T-Shirt in den Rücken. Deine Zimmertür öffnete sich und eine Taschenlampe wurde auf mich gerichtet.

„Hier steckt er!", rief eine Polizistin.

Sie sagte, ich solle meine Hände zeigen und aufstehen. Ich stand auf.

Hinter ihr kam ein Polizist ins Zimmer. Er leuchtete mir mit seiner Taschenlampe direkt in die Augen.

„Zeig deine Hände", sagte die Polizistin wieder, lauter diesmal, so als wäre ich taub.

Bei dem Taschenlampenlicht konnte ich sie nicht gut sehen. Ich streckte die Hände vor.

„Zeig deine Hände!"

„Sie können meine Hände doch sehen!", sagte ich.

„Dann mach sie jetzt auf!", sagte sie.

„Ich an deiner Stelle würde mitarbeiten", sagte der Polizist.

An meinen Beinen wurde es warm. Ich schaute nach unten. Der Polizist leuchtete mit seiner Taschenlampe auf meine Hose. Ich schämte mich tot. Pipi tropfte auf meine Socken.

„Zum letzten Mal", sagte die Polizistin: „Öffne deine Hände!"

Ich schaute sie an. Ich sah ihr Gesicht zwischen meinen ausgestreckten Armen. Die linke Hand zitternd, mit gespreizten Fingern. Die rechte Hand eine Faust, auch zitternd. Einen nach dem anderen bog ich meine Finger auf. Erst den kleinen, dann den Ringfinger, danach den Mittelfinger. Erst beim Zeigefinger fiel der Stein auf den Boden. Klack.

„Na endlich", sagte der Polizist. „War das denn so schwer?"

Ich sah lächerlich aus. Weil meine Kleidung feucht war, musste ich auf der Polizeiwache eine Art Schlafanzug aus Papier anziehen. Das Ding war aus einem Stück gemacht und viel zu groß für mich. Es sah aus wie ein Raumanzug, nur ohne Helm.

Eine Frau von der Polizei nahm mich mit in ein kleines Zimmer, in dem nur ein Schreibtisch stand und einige Stühle. Ich musste erzählen, was ich in unserem Haus gewollt hatte und warum. Die Frau nickte immer, wenn ich etwas sagte. Aber meiner Meinung nach fand sie meine Geschichte einfach nur seltsam.

Ich sah Papa und Mama schon ankommen, als ich endlich aus dem Zimmer durfte. Mama flog sofort auf mich zu, mit einem Brüllgesicht. Sie umarmte mich, schlug mir ins Gesicht und umarmte mich wieder.

Der zweite Schlag heute.

Papa stellte sich neben mich, kniff mir in die Schulter und sagte: „Das war nicht so gescheit von dir."

Mama hatte saubere Sachen für mich dabei. Mitten im Flur begann sie, mir die anzuziehen. Die Frau von der Polizei versuchte, noch etwas dazu zu sagen, aber Mama hörte auf niemanden mehr. Ich konnte dieses Papierzelt gerade noch vor meinen Du-weißt-schon halten. Nachdem Mama mich angezogen und mir die Schuhe zugeschnürt hatte (als ob ich das jetzt nicht mehr selbst könnte), ließ sie das Papierding einfach auf dem Boden liegen.

„Danke für Ihre Hilfe", sagte Papa zu der Frau von der Polizei.

„Keine Ursache", sagte sie. „Es ist unsere Aufgabe." Sie gab Mama eine Plastiktüte mit meinen nassen Sachen.

Papa gab der Frau die Hand. Mama folgte sofort. Danach war ich an der Reihe. Die Frau lächelte mir zu. Ich lächelte zurück, ganz kurz. Dann streckte sie mir ihre Hand hin. Und ich ihr meine. Ich hatte keine Lust auf noch mehr Ärger.

„Benimm dich ein wenig, junger Mann", sagte sie.

„Es ist mein Haus!", sagte ich.

„Das weiß ich", sagte sie. „Das hast du schon ein paarmal gesagt."

„Nochmals danke für alles", sagte Papa.

Wir gingen zu dritt zur Tür.

„Warte mal, Juri", sagte die Frau. „Ich habe etwas für dich." Aus ihrer Tasche holte sie den Stein und legte ihn mir in die Hand.

Mama fasste mich am Handgelenk und schaute erst auf den Stein und dann auf mich. Feuer brannte in ihren Augen. „Was ist das für ein Kram?"

Im Auto tat ich, als würde ich schlafen. Und Papa und Mama taten, als hätten sie sich gegenseitig nichts zu erzählen.

Daheim brach die Hölle los. Mama ging im Wohnzimmer auf und ab und tobte.

„Was hast du Dummkopf dir nur dabei gedacht, allein dorthin zu fahren? Und dann auch noch deine Spardose zu plündern! Ich habe es bemerkt, ja! Hatte ich dir dazu die Erlaubnis gegeben?"

„Es ist mein Geld."

„Du lässt die Finger davon! Du fasst es erst an, wenn ich damit einverstanden bin! Und die Schuhe, die du verloren hast, die bezahlst du selbst!"

Dann unternahm Papa einen Versuch. Er saß neben mir auf dem Sofa und sprach merkwürdig ruhig.

„Warum hast du das getan, Juri?"

„Weiß ich nicht."

„Wenn du stundenlang weg bist", sagte er, „und in ein Haus einbrichst, hast du dir bestimmt etwas dabei gedacht."

Bevor ich etwas sagen konnte, legte Mama wieder los. Sie stand mitten im Zimmer und hatte die Hände in die Hüften gestemmt. Haare klebten ihr im Gesicht.

„Wie bist du eigentlich reingekommen?"

„Durch die Hintertür."

„War die denn offen?"

„Nein."

„Na?“

„Ich habe einen Stein durch die Scheibe geworfen.“

Mama drehte sich mit einem Ruck zu Papa. „Siehst du?“, sagte sie mit bebender Unterlippe. „Da siehst du es, ich habe es doch gesagt.“ Sie schlug sich die Hand vors Gesicht. Dann drehte sie sich um und rannte aus dem Zimmer. Ich hörte ihre Schritte auf der Treppe.

Papa guckte verdattert vor sich hin. Oben hörte ich Mama schreien und weinen.

„Darf ich jetzt ins Bett?“, fragte ich.

„Ja, gut. Du musst morgen wieder früh zur Schule.“

Bevor ich aus dem Zimmer war, sagte Papa: „Du hast keinen Schimmer, was du da angerichtet hast, Juri.“

„Es ist mein Haus!“, sagte ich und ging nach oben.

Ich kann nicht schlafen. Mama hört auf zu weinen und fängt dann wieder an. Ich finde es nicht schlimm, dass Papa und Mama böse sind. Es ist ihre eigene Schuld. Sie haben es verdient.

Der Stein liegt in meiner Schreibtischschublade, sicher verwahrt zwischen dem Zettel von der Hütte und den Briefen.

Gute Nacht,
Juri

Mittwoch, 25. August

Hallo Stefan,

als ich um halb eins aus der Schule kam, sah ich unser Auto vor der Tür stehen. Da wusste ich, dass irgendwas war. Papa ist nie so früh von der Arbeit zurück.

Ich hatte meine Jacke noch nicht aufgehängt, da stand Papa schon hinter mir. Er fragte, ob ich mit ins Wohnzimmer käme. Es wäre wichtig, sagte er.

Im Zimmer stand Mama neben dem Bücherschrank und rauchte. Ich dachte, es wäre ein Witz. Hast du Mama jemals mit einer Zigarette gesehen?

Ich setzte mich aufs Sofa. Papa sagte: „Ich sollte noch mit dir reden, Junge."

„Geht es um gestern?", fragte ich. „Ich habe noch genug andere gute Schuhe."

„Nein, es geht um Stefan."

Ich erschrak. Das hier war es also. Jetzt sollte ich erfahren, wo du bist.

Papa sagte: „Du musst gut zuhören, ich erzähle es dir nur ein Mal. Danach musst du versuchen zu vergessen, was ich gesagt habe, und etwas Schönes machen."

„Versprochen", sagte ich schnell. Aber ob ich es vergessen wollte, das würde ich noch sehen.

Es war still.

Papa sagte: „Wir haben lange nicht über Stefan geredet. Das hat einen Grund."

Und wieder war es still.

„Stefan hat etwas sehr Schlimmes getan." Papa guckte auf

seine Knie. Es schien, als hätte er vergessen, was er sagen wollte.

Ich wollte ihm helfen. Darum fragte ich, was du getan hättest.

„Nichts!", rief Mama.

„Ich darf das doch wohl wissen", sagte ich.

„Nein, das darfst du nicht", sagte Mama streng.

„Ruhig, Lydie", beschwichtigte Papa.

„Was denn, ruhig!", sagte Mama. „Er soll damit aufhören. Ihn vergessen."

„Bitte!", brüllte Papa. Er guckte immer noch auf seine Knie. „Jetzt musst du mich auch das Wort führen lassen." Papa schaute mich an und strich mir mit der Hand über die Wange. „Stefan hat alles so schwierig gemacht, dass es besser ist, wenn er woanders wohnt. Es ist gut so. Es ist besser für ihn, dass wir ihn nicht mehr belästigen. Und es ist besser für uns. Dir dagegen steht die Welt offen. Du bist gut in der Schule. Du wirst später studieren, eine Arbeit finden, eine Frau."

„Vielleicht will ich das ja gar nicht."

„Es ist besser, wenn du ihn nicht mehr siehst", sagte Papa leise, aber deutlich. „Es ist zu deinem eigenen Besten."

Mama ging mit kleinen Schritten zur Sofaecke und setzte sich. Sie nahm einen Zug von ihrer Zigarette. „Für uns ist es auch nicht leicht." Sie redete mit Rauchwolken.

„Wie kann ich Stefan denn vergessen?", sagte ich. „Ich kenne ihn schon mein ganzes Leben!"

Ich bekam Kopfweh. Es war, als säße ein Bodybuilder auf meinem Kopf. Ich gab mir Mühe, nicht zu weinen, aber die Tränen liefen mir übers Gesicht.

„Es ist schwer", sagte Mama, „sehr schwer. Aber es ist möglich. Vielleicht nicht jetzt, aber demnächst, später. Es kommt ein Abend, an dem du in deinem Bett liegst, den zurückliegenden Tag überdenkst und zu dem Schluss kommst, dass du an ...", Mama unterbrach sich, „dass du den ganzen Tag nicht an Stefan gedacht hast."

„Wo ist er?", fragte ich und schaute Mama streng an.

„An einem Ort, wo er betreut wird", sagte Papa.

„Eine Schule oder so?", fragte ich.

„Ja", sagte Mama und drückte die Zigarette in dem Pflanzenkübel neben dem Sofa aus. „Und jetzt essen wir ein leckeres Brötchen."

„Wir sollten doch reden!", sagte ich. „Warum musste ich zu Oma? Und wo war Stefan da? Und warum sind wir umgezogen? Und wann kehren wir zurück?"

Mama schaute zu Papa. „Ich habe es dir doch gesagt. Es bringt ihn nur aus der Fassung." Sie schüttelte den Kopf und seufzte.

„Ich bin nicht aus der Fassung", sagte ich. „Ich will nur wissen, wo Stefan ist."

Mama hockte sich vors Sofa, auf die Knie. Eines knallte laut auf die Steinfliesen. Recht so!

„Ich habe wunderbaren Käse gekauft", sagte Mama. „Wir können Toasts machen."

„Ich will keine Toasts!", schrie ich. „Ich will wissen, wo Stefan ist!"

Sie fasste mich am Arm und zog mich an sich. Ich roch die Zigarette.

„Ich weiß nicht, von wem du sprichst", herrschte sie mich an.

„Von meinem Bruder“, sagte ich.

„Juri“, sagte Mama ruhig, „ich habe nur einen Sohn. Und das bist du.“

Ich wollte zur Tür. Das war alles, was ich noch wollte. Weg aus diesem Zimmer. Ich stand auf und stieß fest mit den Beinen gegen Mamas Rippen. Ich fiel vornüber, versuchte noch, über Mama wegzuspringen, blieb aber mit meinen Schuhen an ihrer Schulter hängen. Ich streckte die Hände vor, fing meinen Sturz ab und landete dennoch auf meinem Gesicht, meiner Wange. Ich wusste, dass es wehtat, spürte es aber nicht. Jedenfalls war es mir völlig egal. So schnell ich konnte kroch ich zur Tür. Aus dem Augenwinkel sah ich, dass Papa mich zu fassen versuchte. Es misslang ihm. Ich war zu schnell. Und Mama lag auch im Weg. Ich zog mich an der Türklinke hoch und rannte aus dem Wohnzimmer nach oben.

In meinem Zimmer war es still, so grässlich still. Ich hörte meinen Atem: schnell wie der eines kleinen Vogels in einer Menschenhand. Ich atmete so viel Luft ein, und doch war mir mulmig. Warum war es unten so ein Durcheinander, während in meinem Zimmer alles noch genauso geblieben war? Meine Wange brannte. Vorsichtig befühlte ich sie. An meinen Fingern war kein Blut, also konnte es so schlimm nicht sein. Auf einmal war ich mir sicher: Ich wurde an der Nase herumgeführt. Das alles hier war ein einziger großer Witz. Und mein Zimmer wusste Bescheid. Dieses grässliche neue Mistzimmer war so still, weil es mit zum Komplott gehörte. Mein Zimmer hielt sich den Mund zu, um nicht in Lachen auszubrechen. In mir tickte eine Uhr rückwärts.

Fünf, vier, drei, zwei, eins. Ich hob mein Bein. Und trat zu. Klirrend zerschellte das Aquarium auf dem Boden. Wasser ergoss sich über meine Füße, und der Teppich saugte sich voll. In der dünnen Wasserschicht auf dem Glasboden blubberten Bläschen. Frits und Schlamer sprangen auf dem Teppich herum, als freuten sie sich, dass sie endlich an der frischen Luft waren und atmen konnten.

Das ist es also. Das hier ist es, womit ich auskommen muss: Du bist weg und es ist für alle das Beste, wenn wir dich vergessen. Ich darf nicht mehr über dich sprechen.

Papa ist ein Stück spazieren gegangen, und Mama hat den Käse statt für Toasts für einen Chicorée-Auflauf genommen.

Meine Worte sind alle. Es müssen erst neue erfunden werden, bevor ich etwas darüber sagen kann. Aber das sollte wohl auch so sein, denn über dich ist alles gesagt. Du existierst nicht mehr. Nicht für Mama. Und vielleicht nicht für Papa. Aber wohl für mich. Du bist für immer in meinem Kopf, auch wenn du da nicht mehr rausdarfst.

Juri

PS Frits und Schlamer sind jetzt in einem Glas, ihretwegen brauchst du dir also keine Sorgen zu machen.

Donnerstag, 26. August

Stefan,

wenn man mit dem Kopf auf dem Gras liegt und über das Wasser späht, wusstest du, dass es dann so aussieht, als gäbe es unter dem Wasserspiegel nichts? Man sieht nichts von den Algen und Fischen, die im Wasser leben. Das Wasser könnte zehn Zentimeter tief sein oder einen Kilometer, man sieht es nicht. Will man mehr wissen, muss man hinein. Mit dem Kopf unter Wasser.

So lag ich heute Nachmittag auf einer Wiese und habe über den großen See hier geschaut. Um mich herum nur das Summen von Bienen, der Wind, der mir sanft durchs Haar fuhr, und die scharfen Gerüche der Blumen. Den Kopf leerstarren.

Juri

Freitag, 27. August

Hallo Stefan,

in der Schule kann ich kaum bei der Sache bleiben. Ich versuche es zwar, aber meine Gedanken wandern immer zu dir. Als ich mit Vorlesen dran war, wusste ich nicht, an welcher Stelle wir waren. Die Lehrerin musste ein ganzes Kapitel nochmals laut vorlesen. Alle waren böse auf mich. Außer Lonneke, die war nur ein bisschen böse auf mich.

Mama ist sehr beschäftigt. Sie hat alle Schränke ausgeräumt, ausgewaschen und wieder eingeräumt. Niemand findet jetzt noch etwas wieder, sie selbst auch nicht. Am schlimmsten ist es in der Küche. Es ist, als ob Mama sich überlegt hätte, wie sie die Sachen am unpraktischsten einsortieren könnte, und das dann gemacht hat. Die Becher stehen unten in der Spüle! Das wäre praktisch, meint Mama, denn so könnte man in einer Aufwärtsbewegung den Becher unter den Wasserhahn halten.

„Und wenn ich Orangensaft will?“, fragte Papa.

„Dann musst du die Packung eben neben den Wasserhahn stellen“, sagte Mama.

Wir hatten uns gerade ein bisschen an das neue Haus gewöhnt, aber jetzt ist es wieder, als würde ich eben erst hier wohnen. Wenn Papa etwas aus der Küche holen will, macht er, um Mama zu ärgern, alle Küchenschränke auf. Ganz übertrieben guckt er sich das dann aus einiger Entfernung an. Wenn er gefunden hat, was er suchte, sagt er: „Aha!“ Und macht alle Türen wieder zu. Das begleitet von Mama, die laut seufzt und dabei bleibt, dass das hier die praktischste Einteilung ist.

Wie du merkst, haben Papa und Mama es ziemlich nett miteinander. Und abends wird es noch netter. Bevor sie ins Bett gehen, wenn sie glauben, ich schlafe, giften sie sich vielleicht gegenseitig an! Ich verstehe kaum, was sie sagen. Manchmal schreit er, dann sie, manchmal schreien beide zugleich. Wie ein bösartiges Duett.

Etwas hat sich verändert. Wenn im Fernsehen über Leute gesprochen wird, die sich besser nicht mehr sehen sollten, dann ist es, als ginge es um dich und mich. Und läuft im

Radio ein Lied mit „goodbye" und „never see you again, baby", dann muss ich an dich denken. (Du bist zwar kein Baby, aber du verstehst, was ich meine.) Hast du das auch? Woran Papa und Mama wohl denken, wenn so ein trauriges Lied gesungen wird?

Viele Grüße,
Juri

Sonntag, 29. August

Stefan,

ich musste es einfach versuchen. Und ich hatte Glück.

Mama hatte den Wecker auf sieben Uhr gestellt. Am Sonntag! Sie nahm ein ausgedehntes Bad, ich hörte ihr Geplätscher sogar durch mein über den Kopf gezogenes Kissen.

Um acht Uhr klopfte Mama an meine Zimmertür, streckte den Kopf herein und fragte, ob ich frühstücken käme.

Unten war der Tisch mit den guten Tellern gedeckt (ein Wunder, dass Mama die trotz der neuen Einteilung hatte finden können) und mit fächerförmig gefalteten Servietten. Zwei Körbe mit Brot und Croissants standen da, Sachen für drauf und Kannen mit allem Möglichen. Es war wie Weihnachten! Mama hatte sogar Eier gekocht. Papa und ich saßen mit kleinen Schlafaugen in unseren Pyjamas da und schlürften heißen Tee. Mama stellte noch mehr Brötchen auf den Tisch. Sie setzte sich, goss sich einen Becher Milch ein, nahm einen Schluck und sagte munter: „Wäre doch schön, wenn wir heute früh alle drei zur Kirche gingen."

„Zur Kirche!", rief Papa aus, kurz bevor er sich verschluckte.

„Ja genau. Es gibt hier zwei Kirchen. Ich schlage vor, wir schauen sie uns beide an und entscheiden uns dann für die nettere, die wir künftig sonntags besuchen."

„Die nettere?", sagte Papa prustend. „Ich denke, man geht in die Kirche, an die man selber glaubt?"

„Ich glaube noch an nichts", sagte Mama lachend. „Bei mir ist noch alles offen."

„Ich GLAUBE nicht, dass ich dazu überhaupt Lust habe", sagte Papa. „Konntest du das nicht vorher mit mir besprechen?"

„Nein", sagte Mama. „Ich will mehr nette, spontane Sachen machen. Ein neues Haus, dazu gehören auch neue Dinge."

„Und Kirchen, das findest du neu?", sagte Papa. „Die gibt es schon seit Jahrhunderten."

„Jetzt sei nicht albern, Rutger", sagte Mama. „Na, wer von euch kommt mit?"

Papa und ich nahmen schnell einen großen Bissen von unseren Brötchen.

„Wer von euch kommt mit?", fragte Mama nochmals. „Wer einen vollen Mund hat, kann auch die Hand heben!"

Du errätst es schon: Papa und ich ließen unsere Hände ruhig auf dem Tisch liegen.

„Na prima", sagte Mama, nahm ihre Serviette und schüttelte den Fächer heraus. „Ich lasse mich nicht beirren. Wenn ich nachher überglücklich wiederkomme, könnt ihr es gar nicht erwarten, bis ihr nächstes Mal mitdürft."

„Das GLAUBE ich ganz und gar nicht", sagte Papa und zwinkerte mir zu. Ich zwinkerte zurück. Das hier war meine Chance.

Mama ging um halb zehn hübsch ordentlich angezogen zur Tür hinaus, und Papa und ich blieben zurück. Er las die Zeitung und ich brütete einen Plan aus. Wie sollte ich es anstellen, mit ihm über dich zu reden? Es musste anders laufen als am Mittwoch. Nicht sofort ruck, zuck von dir anfangen, sondern eher wie bei Oma Bos: erst über Kaffeeteilchen reden und dann ganz allmählich über dich.

Ich stellte mich neben Papa und nestelte etwas an der Sessellehne herum. Papa schaute mich an, zog die Stirn kraus, lächelte wie ein unheimlicher Clown und las dann weiter seine Zeitung.

„Steht was Besonderes darin?", fragte ich.

„Ja", sagte Papa. „In der Kirche wurde eine merkwürdige Frau gesichtet. Sie rauchte wie ein Schlot, sang alle Lieder, die sie nicht kannte, falsch mit, und nach der Messe versuchte sie, den Pastor anzugraben. Mit dem Bagger."

Ich musste lachen und setzte noch eins drauf, um Papa in gute Laune zu versetzen.

Ich hockte mich auf die Armlehne und schmiegte mich an ihn an. Zusammen saßen wir in der Sonne, die durch das Fenster hereinschien.

„Das letzte Wort, das du gelesen hast!", rief ich und legte meine Hand auf die Zeitung.

„Und", sagte Papa.

Ich nahm die Hand weg. „Und" steht ungefähr in jedem Satz. Das konnte ich nicht kontrollieren.

„Ich habe eine gute Idee", sagte ich. „Ich mache jemand nach und du musst raten, wen. Danach umgekehrt."

„Einverstanden", sagte Papa und legte die Zeitung zur Seite.

Ich begann mit der Königin. Ich schritt würdevoll durchs Haus und winkte Papa zu. Er erriet es sofort und freute sich wie ein Kind darüber!

„Jetzt ich", sagte Papa und machte jemand nach, den ich überhaupt nicht kannte.

„Wie kann es sein, dass du nicht weißt, wer Lou van Burg ist?", wunderte sich Papa.

„Du bist eben viel schlauer", sagte ich.

Dann machte ich extra jemanden aus dem Fernsehen nach, den Papa nicht kannte.

Danach lief Papa idiotisch singend und in die Hände klatschend durchs Zimmer. Das sollte Mama in der Kirche darstellen. Papa musste selbst am lautesten lachen.

Und so ging es eine Zeit lang weiter, immer abwechselnd. Ich machte Tante Stans nach, dann meinen alten Lehrer Dick, dann die Nachbarin Fien, dann Papa, dann Mama nach dem Gottesdienst (wie sie den Pastor anbaggert), und dann machte ich, worum es mir schon den ganzen Morgen ging: Ich machte dich nach. Ich versuchte, es sehr gut zu machen. Erst verstrubbelte ich mir die Haare ganz wild. Ich zwickte mich fest in die Wangen, um sie so rot wie deine Apfelwangen zu machen. Ich stellte mich auf Zehenspitzen, um größer auszusehen. Meine Schultern machte ich breiter und beim Gehen bewegte ich sie cool hin und her. Ich schwenkte die Arme vor und zurück. Ich ließ den Kopf hängen und guckte unter meinen Augenbrauen hervor zu

Papa. Und ich lachte laut, mit einem Knurren hinten in der Nase (tut mir leid, aber so lachst du wirklich). So lief ich eine Weile von links nach rechts, vom Bücherschrank zum Sofa und wieder zurück. Aber Papa sagte nichts.

„Jetzt rate schon!", rief ich. „Mir tun langsam die Zehen weh!"

„Keine Ahnung", sagte Papa.

Ich übertrieb es: Ich stampfte durchs Zimmer, haute unsichtbare Wände mit den Schultern um und lachte und knurrte so laut wie vielleicht ein Schwein.

„Ich habe noch etwas Arbeit zu erledigen", sagte Papa.

„Nur den hier noch."

Papa sagte nichts.

„Rate einfach irgendwas", sagte ich. „Wenn es falsch ist, zähle ich es nicht mit."

„Ich habe keine Lust hierauf, Juri", sagte Papa.

Ich hörte auf und wurde wieder ich selbst. Ich war außer Atem.

„Es war Stefan", keuchte ich. „Ich war Stefan."

Papa ging hinaus auf den Flur. Ich folgte ihm.

„Will Mama nicht, dass du noch über ihn redest?", fragte ich.

Papa sagte nichts.

„Er fehlt mir so", sagte ich. „Es ist echt nicht gut, wenn ich ihn nicht mehr sehe. Ich kann nicht mehr richtig nachdenken. Auch in der Schule nicht. Wenn ich sitzen bleibe, ist es eure Schuld."

„Junge, lassen wir das", sagte Papa. „Du kannst immer so weitermachen, aber meiner Meinung nach sind deine Mutter und ich deutlich gewesen."

„Mama war deutlich“, sagte ich. „Aber meiner Meinung nach vermisst du Stefan auch. Vermisst du es nicht, wie er lachte?“

Und da hielt sich Papa eine Hand vor die Augen. Die Hand kniff in sein Gesicht. Seine Schultern zuckten. Aber ich sah keine Tränen. Papa dachte sicher, ich wüsste nicht, was er tat.

„Wir brauchen ihn nicht zu vermissen“, sagte ich. „Wir können jetzt zu ihm fahren. Soll ich die Autoschlüssel holen?“

„Es geht nicht“, sagte Papa. Er wischte sich mit dem Hemdsärmel übers Gesicht und zog die Nase hoch. „Wir müssten das ohnehin vorher vereinbaren.“

„Was?“, fragte ich.

„Es geht nicht. Deine Mutter will es nicht.“

„Wir brauchen doch nicht auf eine Frau zu hören, die in der Kirche falsch singt und den Pastor anbaggert?“

Darüber musste Papa lächeln. Er legte mir seine Hand auf die Schulter und zwickte hinein.

„Juri, du musst mir versprechen, dass du Stefan in Ruhe lässt. So machst du es uns allen nur schwer. Es geht nicht anders, das musst du mir glauben.“

„Das glaube ich dir nicht“, sagte ich und schob seine Hand von mir weg.

„Tut mir leid, Juri. Es geht nicht anders.“

Papa ging nach oben, in dein Zimmer.

„Ich hasse dich!“, schrie ich ihm hinterher. Und dann habe ich eine Weile unten an der Treppe gestanden und nachgedacht, wie ernst es mir damit war.

Juri

Dienstag, 31. August

Hallo Stefan,

es ist still im Haus. Was Papa und Mama können, kann ich auch. Ich kann sie nicht zwingen, über dich zu sprechen. Aber sie können mich nicht zwingen, über alles andere auf dieser Welt zu sprechen. Mal sehen, wer es am längsten aushält.

Aber hab keine Angst, ich schreibe dir einfach weiter. Jemand muss dich doch darüber auf dem Laufenden halten, was mit uns passiert.

Viele Grüße von deinem kleinen Bruder Juri

PS Mama hat sich übrigens für die katholische Kirche entschieden. Weil die so schön hoch und hell ist. Doch, wirklich! Papa hat schon gewitzelt, es ginge ihr ja bloß um die Hostie, die man da zu essen bekommt.

Samstag, 4. September

Hallo Stefan,

heute war ein wichtiger Tag im Stefan-Test.

Wir haben zu dritt gefrühstückt. Ich schaute (schweigend!) ab und zu von meinem Brötchen zu Papa und Mama. Ich konnte ihnen nichts anmerken. Mama trug ihren rosa Morgenmantel und trank Milch. Papa las seine Zeitung.

Auch der Rest des Tages war ein normaler Samstag: Wir sind einkaufen gegangen, Papa hat etwas im Garten gearbeitet, und abends gab es Butterbrote mit Satéspießchen.

Um halb zehn musste ich ins Bett.

Also mache ich es jetzt allein: Zum Geburtstag viel Glück, zum Geburtstag viel Glück! Zum Geburtstag, lieber Stefan, zum Geburtstag viel Glück! Hoch soll er leben, hoch soll er leben, dreimal hoch! Hipp, hipp, hurra! Sechzehn Jahr!

Ich habe ein Geschenk für dich gekauft. Es liegt in der Schublade bei den Briefen, dem Hüttenzettel und dem Stein. Bald brauche ich eine größere Schublade.

Ein gutes Jahr!

Viele Grüße mit Kerzen drauf,
Juri

Dienstag, 7. September

Hallo Stefan,

Lonneke ist nicht nur ein bisschen Lonneke. Lonneke ist ganz viel Lonneke. Ein Wirbelsturm.

In der Schule ist sie mir die ganze Zeit nachgelaufen. Wo ich war, war sie. Es wurde ein Spiel. Ging ich schnell, ging sie schnell. Wurde ich langsam, wurde sie langsam. Bis ich von superschnell auf superlangsam umschaltete. Da ist sie auf mich draufgeknallt. Mein Apfel fiel mir aus der Hand auf den Boden. Wir standen dicht an dicht, mitten auf dem Schulhof. Ich machte schnell einen Schritt von ihr weg, bevor noch jemand dachte, wir hätten was miteinander oder so. Lonneke guckte auf meinen Apfel und kickte ihn im hohen Bogen ins Gebüsch.

„Es war Sand dran“, sagte sie. „Und wenn man ihn abwäscht, schmeckt er wässrig.“ Sie griff mit der Hand in ihre Tasche. „Hier.“ Sie zeigte mir eine Mandarine.

„Dann hast du selbst nichts mehr“, sagte ich.

„Doch, hier.“ Aus ihrer anderen Tasche zog sie noch eine Mandarine hervor. „Eine für mich und eine für meinen neuen Freund.“

Sie hielt mir die Mandarine hin. Ich zögerte etwas, dann nahm ich sie an.

Wir rollten die Mandarinen in unseren Händen und schälten sie. Ich sagte: „Ich glaube, du spielst ganz gut Fußball.“

„Stimmt“, sagte sie.

„Jedenfalls für ein Mädchen.“

Zum Glück musste sie darüber lachen.

Als es Viertel nach drei war, schellte es. Mama wartete mit ihrem Fahrrad vor der Schule auf mich.

„Hallo Juri", sagte sie, als ich mit meinem Fahrrad angeschoben kam. Das hatte ich am Morgen eigens mitgenommen.

Ich erwiderte natürlich nichts. Mama guckte enttäuscht.

„Wie lange willst du das noch durchhalten?", fragte sie.

Ich wollte sagen: gaaanz lange. Aber das ging nicht, also schaute ich sie bloß gemein an.

Gerade als Mama und ich auf unsere Fahrräder steigen wollten, rief jemand.

„Mutter von Juri! Mutter von Juri!"

Ich drehte mich um. Lonneke kam auf uns zugerannt. Mit einem Sprung landete sie neben mir und schenkte mir ein großes Lächeln.

„Hallo Juri", sagte Lonneke. Dann guckte sie mit einem noch größeren Lächeln zu Mama. Es passte fast nicht mehr auf ihr Gesicht. „Guten Tag, ich bin Lonneke Linders." Lonneke streckte ihr die Hand hin. „Ich bin eine gute Klassenkameradin von Juri."

Echt! Das hat sie gesagt: eine gute Klassenkameradin. Hast du so was schon mal gehört?

Mama schüttelte Lonneke die Hand. „Lydie Sterk-Bos. Schön, dich zu treffen, aber Juri und ich wollten gerade los. Kommst du, Juri?"

Noch bevor ich aufs Rad steigen konnte, fragte Lonneke: „Darf ich mitkommen? Meine Mutter ist einverstanden." Sie zeigte auf eine Frau in einem langen dunkelblauen Mantel auf dem Schulhof. Lonneke winkte.

Die Frau kam auf uns zu.

„Hallo, ich bin Lonnekes Mutter." Sie gab Mama die Hand.

„Lydie Sterk-Bos", sagte Mama.

„Lonneke Linders", sagte Lonnekes Mutter.

Mama guckte verwundert, und ich kapierte auch nichts mehr.

„Aber sie heißt doch Lonneke?", stammelte Mama. Sie zeigte auf meine Klassenkameradin und zog dann schnell den Finger zurück, als wollte sie nichts damit zu tun haben.

„Wir heißen beide Lonneke, nicht, Lonneke?", sagte Lonnekes Mutter.

Mir wurde schwindelig vor Augen. Eine Lonneke ist schon sehr viel Lonneke. Ganz zu schweigen von zwei!

„Wie … apart", schaffte Mama gerade noch hervorzupressen.

„Ich darf bei Juri spielen, ja, Mama?", sagte Lonneke.

„Meinetwegen gern. Natürlich nur, wenn Sie einverstanden sind", sagte Lonnekes Mutter zu Mama.

„Heute passt es nicht so gut", sagte Mama. „Wir müssen noch einiges einkaufen."

„Mädel, dann spielt ihr halt ein andermal miteinander", sagte Lonnekes Mutter und streichelte Lonneke über den Kopf.

„Ich will jetzt", piepste Lonneke und sprang mehrmals launisch auf und ab.

Lonnekes Mutter legte ihre Hand auf Mamas Arm. „Lonneke ist ganz verrückt nach Juri. Er ist ein Einzelkind, oder? Jedenfalls hat Lonneke das gesagt."

Mir blieb der Mund offen stehen.

„Hat Juri das gesagt?“, fragte Mama erstaunt.

„Hm-hm.“ Lonneke nickte. „Gleich am ersten Tag. Ich habe es gefragt, und da sagte er vor der ganzen Klasse: Ich habe keine Geschwister.“ Mit einem Ruck drehte Mama sich zu mir, auf dem Gesicht ein ganz sanftes Lächeln. So hatte ich sie lange nicht mehr gesehen.

Mama wandte sich zu den Lonnekes. „Passt Ihnen Freitagnachmittag?“

Wir radelten zum Supermarkt. Es stürmte heftig. Mama schien das nichts auszumachen. Sie trat tüchtig in die Pedale. Ich konnte ihr kaum folgen.

„Ich hab dich lieb, Juri“, sagte Mama.

Mich machte das traurig. Sie war stolz auf das, was ich vor der Klasse gesagt hatte, das wusste ich. Und auf einmal wollte ich nichts lieber als das: dass Mama stolz auf mich war. Ich musste an die vielen Male denken, die du dich mit ihr gestritten hast, an die hässlichen Worte, die du ihr zugeschrien hast. Wie du das tun konntest, habe ich nie verstanden. Ich traute mich noch nicht mal, solche Worte zu denken. Und du hast sie einfach laut gesagt.

Durch den Wind blieb ich etwas zurück.

„Ich dich auch, Mama“, sagte ich.

Meine Worte hatten den Wind gegen sich. Aber ich wusste, Mama hatte sie gehört. Denn sie bremste, radelte neben mir und schob mich den ganzen restlichen Weg lang.

Dein Bruder Juri

Freitag, 10. September

Hallo Stefan,

Alles ist anders.
Heute kam Lonneke zum Spielen. Sie kam nicht sofort von der Schule aus mit, denn sie wollte erst noch nach Hause. Als ich gerade daheim war, klingelte es schon. Ich öffnete die Tür und traute meinen Augen nicht.

„Das warst du damals an der Bushaltestelle!", rief ich.

Lonneke stand in ihrem roten Plastikponcho vor mir. Den kleinen roten Koffer hatte sie auch dabei. Schwungvoll drehte sie sich im Kreis, wobei sie mich unter der Kapuze mit großen Augen anschaute.

„Klar war ich das", sagte Lonneke stolz. „In diesem öden Dorf ist doch niemand so hübsch angezogen wie ich!" Sie strich über ihren Poncho: „Gefällt er dir?"

„Er ist wunderschön", sagte ich, und davon war kein Wort gelogen. Das Rot sieht aus wie das von einem Feuerwehrauto.

„In dem fühle ich mich am allerwohlsten", sagte Lonneke. „Aber meine Mutter hat mir verboten, ihn zur Schule anzuziehen. Ich darf es immer erst danach."

Sie kam herein und schlug ihre Kapuze zurück. Da waren ihre Zöpfchen wieder. Der Poncho stank durch die Sonnenhitze nach Plastik. Lonneke zog ihre Sandalen aus und stellte sie unter die Garderobe. Zusammen gingen wir in die Küche. Mama wartete dort schon eine Viertelstunde lang hinter einem Tablett mit drei Gläsern selbst gesprudelter Limo.

„Kind, zieh doch bitte diesen Poncho aus", war das Erste, was Mama sagte.

„Ach, mir ist gar nicht heiß", sagte Lonneke. „Ich habe nur ein Hemdchen darunter."

Mama runzelte die Stirn und gab Lonneke und mir ein Glas. Wir tranken unser Selbstgesprudeltes in einem Zug leer.

„Was ist in dem Köfferchen?", fragte Mama.

„Entschuldigung, aber das kann ich Ihnen nicht sagen", erklärte Lonneke und wischte sich den Mund mit der Hand ab.

„Warum nicht?", fragte Mama.

„Das ist etwas für Kinder. Erwachsene bringt das nur durcheinander."

„Ja, ja", sagte Mama.

Mama ging schon bald einkaufen, und Lonneke und ich gingen nach oben.

Lonneke stand in der Mitte meines Zimmers und schaute sich um. „Schönes Zimmer hast du", sagte sie. Sie ging zu Frits und Schlamer. „Nur traurig, dass sie in so einem kleinen Glas sind."

„Es ist nur vorübergehend", sagte ich schnell. „Ich spare für ein großes Aquarium."

„Seit wann hast du die Fische denn?"

„Hm, erst ein paar Jahre."

„Sind sie schon so lange in dem kleinen Ding?!"

„Nein. Erst waren sie in einem Aquarium."

„Und wo ist das?"

Ich hatte keine Lust, Lonneke von meiner Karate-Aktion von neulich zu erzählen.

„In unserem alten Haus", log ich. „Das Aquarium passte nicht mehr in den Umzugswagen, der war schon zu voll."

„Ach …", sagte Lonneke. „Traurig."

Sie setzte sich im Schneidersitz vor mein Bett und zog den Rand des Ponchos über die Knie. „Weil du ein Freund von mir bist, darfst du in mein Freundschaftsbuch schreiben." Sie öffnete ihren Koffer und nahm ein silberfarbenes kleines Buch daraus hervor. „Mein erstes ist voll. Das hier ist mein zweites. Du bist mein dreiundvierzigster Freund."

Sie hielt das Buch zwischen den Händen und rieb darüber, als wollte sie es aufwärmen. „Ich bin lieber mit dabei, wenn du es ausfüllst", sagte sie. „Dann kann ich mitdenken. Einmal habe ich es an Huberta ausgeliehen, aber die hatte bei fast allem geschrieben: Weiß ich nicht. Damit kann ich dann auch nichts anfangen."

„Einverstanden", sagte ich.

„Schreib am besten hiermit." Sie holte einen silbernen Füller aus ihrem Koffer. „Wenn jeder in einer anderen Farbe reinschreibt, wird es so ein Durcheinander."

Die ersten Fragen waren einfach: Name, Anschrift, Alter und derartige Dinge. Dann wurde es schwierig.

GESCHWISTER?, stand da in Großbuchstaben. Ich ließ den Füller über dem Papier schweben. Was sollte ich ausfüllen? „Nein", „Ja", „Vielleicht"? „Ich habe einen Bruder, aber meine Eltern haben nur ein Kind. Rate mal, wie das sein kann?" Ich zögerte immer noch. Lonneke zog mir den Stift aus der Hand und drehte das Buch zu sich.

„Warte, ich helfe dir. Was soll da stehen?"

„Kommt nicht in Frage", sagte ich. „Heißt du Juri Sterk? Ist das deine Seite?"

Lonneke musste lachen.

Ich nahm ihr den Stift wieder ab. „Diese Frage hebe ich mir bis zuletzt auf."

Ich füllte die Fragen weiter aus. Lonneke wusste jetzt, dass „Pommes" mein Lieblingsessen sind und „Fische" meine Lieblingstiere (obwohl ich lieber einen Hund hätte, aber das ist traurig für Frits und Schlamer). Nur hinter der Bruderfrage stand noch nichts. Ich dachte hin und her, bis Lonneke auf einmal rief: „Hast du am 14. September Geburtstag? Das ist ja schon am Dienstag!"

„Ja", sagte ich.

„Weißt du, was das bedeutet?", fragte Lonneke.

„Nein."

„Dass Geschenke im Haus sind!" Sie jubelte und sprang auf und warf die Arme in die Luft.

„Das glaube ich nicht", sagte ich. „Meine Eltern und ich reden nicht mehr miteinander."

„Ach was", sagte Lonneke. „Wer Geburtstag hat, bekommt Geschenke. Das gehört sich so. Los, wir suchen!"

„Echt nicht."

„Echt doch", sagte Lonneke. „Vielleicht ist es ein Aquarium. Dann können deine Fische sich schon mal darauf freuen. Wo ist das Schlafzimmer deiner Eltern?"

„Wieso?"

„Hallo! Weil meine Mutter auch alle Geschenke in ihrem Schrank versteckt."

„Ich glaube kaum, dass meine Eltern es in Ordnung finden, wenn du ihre Schränke durchsuchst."

„Das tue ich ja auch nicht", sagte Lonneke. „Sondern *wir!*" Sie schaute mich mit funkelnden Augen an.

Das brachte mich zum Lachen.

„Na siehst du!“, kreischte Lonneke. „Du willst es auch!“

Ich dachte kurz nach. Dann flüsterte ich Lonneke ins Ohr: „Aus dem Zimmer raus, erste Tür links.“

„Ach, das wird spannend!“, sagte Lonneke. Sie fasste mich an der Hand und zog mich mit.

Lonneke tauchte in Mamas Kleiderschrank. Nur ihr Hintern guckte noch heraus. Kleider und Schuhe schleuderte sie, ohne sich umzudrehen, aufs Bett.

„Sieht aus wie eine Kostümkiste“, klang es gedämpft. „Hier, sieh dir das an.“

Sie kam mit einem silbernen Glitzerkleid in der Hand aus dem Schrank gekrochen.

„Das war von einer Weihnachtsfeier“, sagte ich.

„Dann aber von einer sehr fröhlichen!“ Sie warf das Kleid auf den Klamottenhaufen auf dem Bett. „Vielleicht kannst du in den Schubladen des Frisiertischs suchen.“

„Da werde ich wohl kaum ein Aquarium finden“, sagte ich.

Lonneke hörte mich nicht mehr. Sie war wieder im Schrank verschwunden.

Ich kramte etwas in den Schubladen herum. Da lagen nur Kämme, Bürsten, Make-up und derlei Dinge. Ich schob eine Lade zu und schaute durchs Zimmer. Mein Auge fiel auf Papas Nachtschrank.

„Ich hab was!“, kreischte Lonneke. „Ach nein, schon gut, ist bloß ein Kissen.“

In Papas Nachtschrank fand ich einen Korb mit Socken. Ich schüttelte ihn leicht. Keine verdächtigen Geräusche, nur die von Socken. Papas Spardose klang auch nur nach Münzen und Geldscheinen. Auch der Stapel

Taschentücher, in den ich zwickte, war einfach ein weicher Stapel Taschentücher. Dann warf mir Lonneke etwas in den Rücken. Ich drehte mich um. Ein Foto lag auf dem Kopfende des Bettes.

„Wer ist das?“, fragte Lonneke. Sie saß neben Mamas Nachtschrank und hatte einige Sachen herausgezogen.

Ich drehte das Foto um.

„Er hat Ähnlichkeit mit dir“, hörte ich sie sagen.

Ich konnte es nicht fassen: Ich schaute geradewegs in dein Gesicht. Ich öffnete den Mund, um etwas zu sagen, aber es war, als wäre mein Mund ein hohles Loch, nicht dazu gedacht, um Worte damit zu formen.

„Hier ist kein Geschenk zu finden“, sagte Lonneke. „Liegt etwas in dem Nachtschrank deines Vaters?“

Ich betrachtete deine Augen. Ich weiß natürlich, wie du aussiehst, aber ich sah dich auch zum ersten Mal.

„Hier liegt nichts“, sagte ich leise. „Wie kommst du an dieses Foto?“

„Hier“, sagte Lonneke.

Sie schleuderte einen blauen Schal aufs Bett. Er landete schwer darauf, und noch mehr Fotos rutschten daraus hervor.

„Gibt es woanders noch Schränke?“, fragte Lonneke.

„Auf dem Dachboden …“

„Dann suche ich da weiter. Kommst du auch gleich?“ Sie ging aus dem Zimmer, die Speichertreppe hinauf.

Eins nach dem anderen las ich die Fotos vom Bett. Es waren die, die in unseren Alben gesteckt haben. Fotos aus dem Schwimmbad, Fotos von dem Urlaub in Drenthe, und die Schulfotos, auf die wir gemeinsam mussten und die von diesem Fotografen stammten, der Rotz in seinem Bart hatte. Als ich sie aus dem Schal nahm, kratzten meine Fingernägel über etwas Hartes. Was war das? Ich nahm dem Schal in die Hand. Durch den Stoff spürte ich etwas Längliches. Langsam wickelte ich den Stoff ab, eine Schicht nach der anderen, bis in meiner Hand ein getöpfertes braunes Schild mit dunkelblauen Buchstaben lag:

Es war unser Namensschild, das neben dem Eingang unseres alten Hauses gehangen hatte. Bilder huschten vor meinen Augen vorbei: gemeinsames Fußballspielen bei uns in der Straße, Mama, die Studentenblumen neben den geschlängelten Weg im Vorgarten pflanzt, zu häufiges Klingeln, wenn es draußen regnet und ich ins Haus will.

Ich rieb mit den Fingern über die kalten blauen Buchstaben:

Stefan & Juri Sterk

Die ganze Zeit hat Mama heimlich Sachen von dir hier versteckt. Ich darf nicht über dich reden, aber sie selbst hebt deine Fotos auf!

Ich hatte die Nase gestrichen voll. Das Zimmer war ein großes Durcheinander, und auf dem Dachboden war Lonneke dabei, noch mehr Chaos zu machen. Ich warf das Schild aufs Bett. Mit einem dumpfen Geräusch landete es auf dem Kopf.

„Lonneke", rief ich, „wir hören auf damit! Hier ist kein Geschenk zu finden!"

„Auf dem Dachboden liegt auch nichts", sagte sie, als sie ins Schlafzimmer kam. „Entweder du bekommst ein Minigeschenk, oder du bekommst Geld."

Lonneke räumte Mamas Schrank wieder ein. Ich übernahm den Rest. Die Unordnung auf dem Dachboden war halb so schlimm. Lonneke hatte einige Anziehsachen aus Plastiksäcken gezogen. Die konnte ich leicht wieder hineinstopfen.

Als ich ins Schlafzimmer von Papa und Mama zurückkam, war alles aufgeräumt. Nur das Namensschild und deine Fotos lagen noch auf dem Bett. Lonneke lag der Länge nach auf der Bettdecke und betrachtete sie.

„Wer ist das?", fragte sie und zeigte auf das Bild von dir, auf dem du nur einen einzigen Schneidezahn im Mund hast.

Schnell schob ich das Namensschild von der Decke und packte es unter das Bett.

„Ich denke, du gehst jetzt besser nach Hause", sagte ich. „Es ist fast Essenszeit."

Lonneke betrachtete mich mit schräg gelegtem Kopf. Sie lotete mich aus, auf so eine Mädchenart.

„Was ist los, Juri Sterk?"

„Nichts", log ich. „Wir essen gleich."

„Aber ... deine Mutter ist noch nicht mal zu Hause."

„Aber schon fast."

Lonneke bewegte ihren Mund von links nach rechts.

„Hm“, sagte sie langsam und setzte sich auf. „Na gut, wenn du willst. Spreche ich dich Montag wieder?“

„Ja klar.“

Lonneke rutschte vom Bett, nahm ihr Köfferchen aus meinem Zimmer und ging die Treppe hinunter. Ich blieb oben und wartete. Ich hörte, wie Lonneke die Haustür aufmachte und Mama begegnete.

„Auf Wiedersehen“, sagte Lonneke. „Ich glaube, Juri hat einen Riesenappetit. Tschü-hüss!“

Die Haustür fiel ins Schloss.

Aber ich hatte überhaupt keinen Appetit.

Ich kniete mich auf Papas und Mamas Bett. Ich nahm das Namensschild und die Fotos und drückte sie an mich. Meine Augen kniff ich zu, so fest ich konnte. Ich sah bunte Flecken. Einen Moment lang schwebte ich im Raum, so wie die Leute auf meiner Tapete.

Ich habe den Schal in Mamas Nachtschrank zurückgelegt. Ich habe ihn so zusammengefaltet, dass es aussieht, als wäre noch jede Menge darin. Aber er ist leer. Die Fotos und das Schild liegen in meinem Bett, unter meinem Kopfkissen. So kann ich nachts gut an dich denken.

Juri

PS Lonneke hatte ihr Freundschaftsbuch vergessen. Als ich hineinschaute, sah ich, was sie bei der Bruderfrage ausgefüllt hatte:

Ich bin allein, genau wie meine beste Freundin Lonneke

Sie hatte meine Handschrift ordentlich nachgemacht. Und doch konnte man ganz leicht sehen, dass nicht ich es geschrieben hatte.

Samstag, 11. September

Hallo Stefan,

ich liege auf dem Bett und habe deine Fotos um mich und schreibe. Ich bin ein kleiner Juri-Planet zwischen lauter Stefan-Planeten.

Es ist merkwürdig, lange auf ein Foto von dir zu starren. Nach einer Weile fängst du an, dich zu bewegen. Es ist nicht echt, das weiß ich auch. Wenn ich blinzele, stehst du wieder still.

Auf den Fotos siehst du aus wie der liebste, netteste Junge der Welt. Jemand, dem alles Spaß macht, der immer fröhlich ist und der beste Freund von allen sein will. Dieser Stefan hat niemals seine Mutter beschimpft, nichts im Supermarkt gestohlen und keinem Klassenkameraden ein blaues Auge geschlagen. Ich verstehe gut, dass Mama sich diese Fotos gern anschaut. Sie könnte sie sogar auf so sülzigen Festen anderen Müttern zeigen und sagen: „Das ist unser Stefan, er ist ja so gut in der Schule!" Das hier bist du nicht. Das hier bist du im Urlaub und beim Feiern. Dann ist jeder nett, sogar die dumme Denise aus meiner Klasse, mit ihren Schlabberleggins am Hintern.

Weißt du noch, als Mama vierzig wurde? Als sie morgens dastand und weinte? Ich weiß noch genau, was sie gerufen hat: „Ich habe Geburtstag, aber meine Jugend ist gestorben." Die Tränen hat sie sich mit dem blauen Vorhang abgetrocknet. Als wäre nur der groß genug als Taschentuch für ihren Kummer. Trotzdem lacht sie auf allen Fotos von diesem Geburtstag. Weit und breit kein Tröpfchen Trauer.

Jeder kann seine Mundwinkel hochziehen und seine Zähne zeigen, wenn ein Fotoapparat klick macht. Stimmt doch, oder? Es müsste verboten werden, nur fröhliche Fotos zu machen. Ich will ein Buch voll trauriger, schlecht gelaunter und böser Fotos. Und meinetwegen ab und zu mit einem fröhlichen dazwischen. Abwechslungshalber. Ein Fotoalbum sollte zeigen, wie jemand in Wirklichkeit ist. Was soll ich mit so einem Lächelalbum? Wenn ich dich lachen sehen will, dann erzähle ich dir einen guten Witz. Oder ich vollführe mein komisches Tänzchen, das funktioniert auch immer.

Ich will deine Fotos bei mir behalten, für immer in der Tasche bei mir tragen. Aber das geht nicht. Sie müssen schnell wieder zurück in Mamas Nachtschrank. Nur jetzt noch nicht. Wenn Mama deine Fotos woanders hinlegen und ich sie nicht mehr wiederfinden würde, würde ich mir das nie verzeihen.

Ich behalte dich noch etwas bei mir.

Juri

PS Du erinnerst dich noch an mein komisches Tänzchen? Sehr gut!

Sonntag, 12. September

Hallo Stefan,

im Haus ist es weniger still. Wir reden nicht so viel wie früher, aber doch wieder mehr als sonst. Es kam von allein. Erst war ich sehr böse. Ich dachte den ganzen Tag daran und hielt den Mund fest zugepresst. Aber nach einer Weile dachte ich auch an andere Dinge und redete manchmal. Nicht, dass ich weniger böse gewesen wäre, aber es hat mich einfach weniger beschäftigt. Als ob ich zuerst gedacht hätte: Böse sein ist das Allerwichtigste, was es gibt. Und später: Ich habe Lust auf einen Apfel. Ich weiß, das klingt sehr dumm. Ich meine, dass ich später mit Dingen beschäftigt war, die in dem Moment wichtig waren. Aber manchmal fragt Mama mich etwas, und ich denke nur: Du verbietest es mir, über Stefan zu reden, Lügnerin! Und dann tue ich so, als hätte ich sie nicht gehört.

Als Mama aus der Kirche zurückkam, war sie weniger fröhlich als sonst. Die letzten Male war sie so froh gewesen, dass sie den ganzen Tag (und die Tage danach) Kirchenlieder gesungen hat. Aber als sie heute nach Hause kam, war es, als wäre sie von einer schwarzen Rauchwolke umgeben. Sie ging sofort ins Bett, nicht mal einen guten Tag hat sie uns gewünscht. Später sagte Papa, sie würde sich nicht gut fühlen. Ich habe kein Mitleid mit ihr. Sie lügt. Sie tut so, als wäre sie ganz stark. Stärker als Papa und stärker als ich. Aber sie ist nicht ehrlich zu uns. Armer Papa. Er ist der Einzige, der von nichts weiß.

Am Nachmittag klingelte es. Es war Tante Elise. Sie kam wegen Mama, aber die lag immer noch im Bett, also ging Tante Elise nach oben.

Noch keine fünf Minuten später klingelte es wieder. Ich las gerade ein Donald-Duck-Heft auf dem Sofa. Papa ging hinaus und öffnete.

Über der Donald-Duck-Seite sah ich etwas Rotes ins Zimmer kommen.

„Sie will etwas abholen“, sagte Papa.

Lonneke stand neben ihm. Seine Hand lag auf ihrer Schulter.

„Ich habe mein Freundschaftsbuch vergessen“, sagte sie.

„Ich hätte es dir am Montag mitgebracht“, sagte ich.

Lonneke schüttelte den Kopf. „Das ist viel zu spät.“

„Wieso?“

„Ich muss doch wissen, wo ich dich finden kann, falls ich dich verliere“, sagte sie mit einem großen, fragenden Gesicht.

„Aber du weißt doch, wo ich wohne!“

„Für den Fall, dass ich es vergesse, du Knalltüte.“

Sie lachte. Funkelaugen.

„Ich hole es dir“, sagte ich.

Ich legte Donald Duck beiseite und ging auf den Flur. Lonneke kam hinter mir her.

„Ihr müsst aber leise sein“, sagte Papa aus dem Wohnzimmer. „Lydie ist oben und fühlt sich nicht gut.“

Lonneke und ich schlichen die Treppe hinauf. Ich ging in mein Zimmer, nahm das Freundschaftsbuch von meinem Schreibtisch und wollte es Lonneke geben. Aber Lonneke war nicht da. Ich fand sie auf dem Flur. Da stand sie, mit einem Ohr an Papas und Mamas Schlafzimmertür.

„Was machst du da?“, fragte ich.

Lonneke legte den Zeigefinger an die Lippen. „Pst!“ Ihre Augen schossen von links nach rechts.

„Wer ist bei deiner Mutter im Schlafzimmer?“, flüsterte sie.

„Benimm dich normal, Lonneke. Komm von der Tür weg.“ Ich zog an ihrem Arm.

Sie schüttelte meine Hand ab. „Wer ist bei deiner Mutter?“

„Eine Tante von mir. Tante Elise.“

„Interessant, interessant“, sagte Lonneke.

Als ob sie wüsste, wer Tante Elise ist!

„Du bist doch wegen deinem Freundschaftsbuch gekommen? Hier ist es.“

„Pst! Ich kann nicht hören, was sie sagen.“

„Das sollst du auch nicht“, sagte ich.

Plötzlich schwang die Tür auf. Lonneke fiel ein Stück ins Zimmer hinein, gegen die hohen braunen Stiefel von Tante Elise. Mama lag auf dem Bett. Sie hatte die Bettdecke halb über sich gezogen und hielt sich eine Hand vor die Augen. Tante Elise sah mich ins Zimmer schielen und stellte sich vor mich.

„Könnt ihr bitte woanders spielen? So stört ihr Lydie.“

„Ja klar, ja klar“, sagte Lonneke, während sie sich aufrappelte. Einer ihrer Zöpfe hatte sich gelockert. Sie zog den Gummi fest an. „Wenn meine Mutter traurig ist, darf ich sie auch nicht stören. Wollen wir wieder in dein Zimmer gehen, Juri?“

Sie nahm meine Hand und zog mich mit.

In meinem Zimmer machte Lonneke die Tür hinter uns zu.

„Tut mir leid“, sagte sie. „Ich wusste nicht, dass deine Mutter traurig war.“

„Ist ihre eigene Schuld“, sagte ich. „Es braucht dir also nicht leid zu tun.“

„Warum ist sie traurig?“

Ich dachte nach. Und sagte die Wahrheit: „Weiß ich nicht. Aber es ist ihre eigene Schuld, das steht fest.“

Ich betrachtete Lonneke. Ihre Lippe zitterte, so als wäre sie erschrocken. Ich fragte: „Warum ist deine Mutter traurig? Das wolltest du doch wissen?“

„Ist wegen meinem Vater und so.“ Sie guckte auf ihre Schuhe. „Dass er weg ist und so.“

„Ach“, sagte ich. Ich wusste nicht genau, was mit Lonnekes Vater war, aber mir war schon aufgefallen, dass sie ihn nie erwähnte.

Dann schaute sie mich an. „Ich will dir mehr erzählen“, sagte sie, „aber dann musst du mir auch von Freitag erzählen. Freitag, auf dem Bett bei deinen Eltern.“

Meinte sie die Fotos von dir? Darüber will ich nie mit ihr reden.

Lonneke wartete. Ich hielt den Mund.

„Wenn du nichts erzählst, erzähle ich dir auch nichts“, sagte sie.

Ich zuckte mit den Schultern und gab ihr das Freundschaftsbuch.

Als Lonneke weg und ich gerade wieder in meinen Donald Duck eingetaucht war, sagte Papa: „Ein nettes Mädchen ist das.“

„Was meinst du?“, fragte ich.

„Nichts. Ich finde, Lonneke ist ein nettes Mädchen, das ist alles.“

Aber Papa grinste mich so an, dass er meiner Meinung nach noch etwas mehr damit meinte.

Hey, mir ist gerade eine Lösung für die Fotos eingefallen!

Bis morgen.
Juri

Montag, 13. September

Hallo Stefan,

als ich in die Straße zu meiner Schule einbog, kam Lonneke angerannt. Sie hatte neue Turnschuhe aus Jeansstoff an. Die passten genau zu ihrer Jeansjacke. Ich dachte, sie würde jetzt eine ganze Modenschau abziehen, aber verrückterweise tat sie das nicht.

„Du hast morgen Geburtstag", sagte Lonneke. „Weißt du schon, was du uns dazu spendierst?"

„Ja. Mama und ich kaufen heute alles dafür ein."

„Was denn?", fragte Lonneke. Sie ging neben mir her und legte ihren Kopf auf meine Schulter.

„Das siehst du morgen."

„Ach, du kannst doch schon *etwas* verraten! Ich durfte schon nicht wissen, wer der Junge auf den Fotos war."

„Das war niemand", sagte ich. (Entschuldige, Stefan, das meinte ich natürlich nicht ernst.) „Ein Cousin oder so", log ich. Ich bekam Bauchstechen davon.

„Ein Cousin ODER SO? Was ist das, ein Cousin-oder-so?"

„Lonneke, hör jetzt auf."

„Wieso?"

„Weil du nervst."

„Du nervst selber! Wer ist es?"

Ich blieb stehen und drehte mich mit einem Ruck zu ihr. „Wenn du so weitermachst, will ich nicht mehr mit dir befreundet sein."

Ich meinte es nicht so, aber ich musste etwas sagen, um sie zu bremsen.

Lonneke schaute auf ihre neuen Schuhe, als wir den Schulhof betraten.

„Sie sind schön", sagte ich.

„Hm", sagte Lonneke und starrte weiter auf ihre Schuhe.

Sie war böse, das war klar, denn es waren schöne Turnschuhe, aber auch wieder nicht so schön, dass man sie zehn Minuten anschauen konnte.

„Also gut", sagte ich.

Ich nahm ihre Hand. Wir blieben stehen und Lonneke schaute mich an.

„Ich sage es dir nur, wenn du es niemandem weitererzählst."

Lonnekes Augen funkelten so wie damals, als wir Papas und Mamas Schlafzimmer in eine Räuberhöhle verwandelt hatten.

„Es …"

Ja, was denkst du jetzt, Stefan? Dass ich ihr von dir erzählen würde?

„Es … gibt Chips."

„Was?!", rief Lonneke.

„Mein Geburtstag. Ich spendiere Chips."

„Ach das. Ja, lecker." Sie drückte ihre Nase gegen meine. „Wer ist der Junge auf den Fotos? Na?"

Ich seufzte. „Ein Cousin, das habe ich doch gesagt." Dann ging ich mit großen Schritten zur Schultür.

„Ich glaube dir kein Wort", sagte Lonneke. Sie musste rennen, um mit ihren Mädchenschritten nicht hinter mir zurückzubleiben.

„Trotzdem ist es so", sagte ich.

„Dann stört es dich bestimmt auch nicht, wenn ich heute Nachmittag deine Mutter frage, wer der Junge ist."

Damit hatte sie mich am Wickel, denn Mama kam mich abholen, um Chips zu kaufen.

„Nein, tu das nicht!" Ich war sofort in Panik. Das war nicht schlau.

„Er ist doch dein Cousin", stichelte Lonneke. „Ich darf doch wohl nach deinem Cousin-oder-so fragen?"

„Er ist nicht mein Cousin. Zufrieden? Es ist nicht mein Cousin." Ich drehte mich um und ging zurück zum Tor.

Lonneke kam nicht hinter mir her. „Ich weiß längst, wer es ist!", rief sie.

„Weißt du nicht!", rief ich zurück.

„Es ist dein Bruder!" Lonnekes Stimme schallte über den Schulhof.

Ich blieb stehen. Es war, als wäre ein Riesenhammer auf meinen Kopf niedergesaust und als wären meine Beine ein Stück weit im Erdboden verschwunden.

Lonneke stellte sich vor mich.

Ich ließ den Kopf hängen. Sie legte mir ihre Hand auf die Schulter.

„Ich bin doch nicht dumm, weißt du", sagte sie. „Dein dauerndes Herumdrucksen, immer wenn es um Geschwister geht. Und dann die Fotos. Erst hatte ich es nicht durchschaut. Aber Samstagabend wusste ich es. Ich saß vor dem Fernseher und da sagte eine Stimme in meinem Kopf plötzlich: Es ist sein Bruder. Verrückt, nicht? Ich hatte noch nicht mal darüber nachgedacht."

„Du darfst es keinem erzählen!", sagte ich panisch. „Keinem!"

„Das heißt, es stimmt?", fragte Lonneke. Der Mund stand ihr vor Verwunderung offen.

„Es ist ein Geheimnis."

„Wieso?"

„Das weiß ich nicht", sagte ich. „Aber meine Eltern erlauben mir nicht mehr, über Stefan zu reden."

„Heißt er Stefan?"

Erwischt. „Vielleicht."

Lonneke zog eine Augenbraue hoch.

„Ja. Er heißt Stefan. Bist du froh, dass du es jetzt weißt?!"

„Warum darfst du nicht mehr über ihn reden?"

„Er hat etwas getan. Etwas Schlimmes."

„Was denn?"

„Weiß ich nicht. Aber sie wollen ihn nicht mehr sehen."

„Echt?", sagte Lonneke. Sie dachte kurz nach. „Aber er ist also noch irgendwo."

„Keine Ahnung. Ich weiß nichts. Ich soll einfach den Mund halten."

Dann schellte es. Ein Glück, es schellte. Ich hätte den Direktor küssen mögen.

„Du darfst das hier keinem erzählen“, sagte ich. Ich fasste Lonneke mit beiden Händen am Kragen ihrer Jeansjacke und zog sie an mich. „Keinem, hörst du mich?“

Und in einem Blitz sah ich, wie Mama mich an sich gezogen und gesagt hatte: „Ich habe nur einen Sohn und das bist du.“

Stefan, warum tue ich das? Warum sage auch ich jetzt schon, dass über dich nicht geredet werden darf? Warum habe ich das Gefühl, als wäre das das Beste: so zu tun, als ob es dich nicht gäbe?

In der Rechenstunde starrte Lonneke zu mir herüber. Jedes Mal, wenn ich zu ihr hinschaute, setzte sie eine ernste Miene auf und nickte langsam.

Die Lehrerin erklärte eine Aufgabe, und ich versuchte aufzupassen. Es wollte mir einfach nicht gelingen. Ich war abgelenkt durch Lonneke. Die tat so, als würde sie ihren Mund abschließen und den Schlüssel wegwerfen.

Später arbeitete ich an meinem Bild für das Olympische-Spiele-Projekt. Ich zeichne einen Läufer, der als Erster ins Ziel läuft. Ich war mit der Ziellinie beschäftigt und sah, dass ein Zettel durch die Klasse ging. Als Denise ihn bekam, machte sie Kussgeräusche und warf ihn mir auf den Tisch. Ich nahm den Zettel und faltete ihn auf dem Schoß auf, damit die Lehrerin es nicht sah.

Ich werde nichts sagen. Wir müssen Nachforschungen anstellen. Ich komme heute Abend vorbei.
Küsschen, Lonneke

Sofort machte ich ihr mit Gesten klar, sie sollte zu Hause bleiben. Ich schüttelte wild den Kopf und fuchtelte mit den Armen.

„Juri?", fragte die Lehrerin besorgt. „Hat dich vielleicht eine Wespe gestochen?"

Als die Schule aus war und ich zum Tor ging, sah ich Lonneke bei Mama stehen. Lonneke war ohne Jeansjacke rausgerannt und deshalb früher da als ich braver Junge, der drinnen erst ordentlich seine Jacke angezogen hatte. Und weil ich auch noch mein Fahrrad holen musste, war ich noch langsamer gewesen.

„Ich weiß nicht, ob es eine gute Idee ist, wenn Lonneke heute Abend vorbeikommt", sagte Mama. „Wir wollten doch eine schöne Spendierkiste zu deinem Geburtstag basteln."

„Ganz deiner Meinung", sagte ich. „Tut mir leid, Lonneke."

„Ich kann doch mithelfen?", sagte sie.

„Mama hilft mir schon", sagte ich.

Ich zog Mama an ihrem Mantel mit, aber bevor ich drei Schritte gemacht hatte, begann Lonneke wieder.

„Wissen Sie, was es ist, Mutter von Juri", sagte sie, „wir haben ganz viele dicke Kinder in der Klasse. Die sollen echt nicht noch mehr Chips essen."

„Ach ja?", fragte Mama erstaunt.

„Ich helfe gern mit, etwas zu machen, was lecker und auch

gesund ist." Lonneke guckte von Mama zu mir, lächelte albern und guckte dann wieder scheinheilig zu Mama.

„Das ist mir überhaupt nicht aufgefallen, als ich neulich in der Klasse war", sagte Mama.

„Ja, da sind ja auch alle angezogen. Aber Sie müssten sie mal im Sportunterricht sehen. Dann stehen sie heulend in einer Ecke, wenn sie sich umziehen."

„Aaah …", sagte Mama.

„Jaah …", sagte Lonneke.

„Und woran hattest du gedacht?", fragte Mama.

„Vollkorn-Obsttorte", sagte Lonneke. „Mit extra wenig Zucker."

„Tja, das ist eine Idee", sagte Mama. „Weißt du was? Komm einfach nach dem Abendessen. So gegen sieben sind wir damit fertig."

„NEIN!", schrie ich. Am Ende der Straße öffnete eine Frau ihr Fenster, um zu sehen, wer da gerade überfahren worden war.

„Juri, stell dich nicht an", sagte Mama. „Lonneke will dir doch nur helfen!"

„Ja, Juri", sagte Lonneke.

„Mama, wollen du und ich das nicht vorbereiten?", versuchte ich es noch einmal.

„Lonneke, wir sehen dich nachher", sagte Mama.

„Geht in Ordnung", sagte Lonneke. „Bis dann, Juri."

Sie rannte wieder in die Schule. Da hätte sie von mir aus für die restliche Ewigkeit bleiben dürfen.

„Ich will das nicht", sagte ich.

Mit einem Blick zur Schule sagte Mama: „Sei froh, dass sich jemand so viel aus dir macht!"

Auf dem Weg zum Supermarkt radelte ich vor Mama her. Dabei überquerte ich nach Möglichkeit jede Kreuzung so, dass Mama vor einer Reihe von Autos warten musste.

Im Supermarkt kauften wir jede Menge in der Obstabteilung. Und außerdem Butter, *Vollkorn*mehl, Milch und (extra wenig) Zucker.

Zu Hause fing Mama von einer Geburtstagsfeier an, die ich geben dürfte. Ich habe gesagt, ich hätte keine Lust auf eine Feier. Mama will Lonneke fragen, ob sie dazu auch schöne Ideen hat.

Durch den ganzen Trubel bin ich gar nicht mehr zu meinem Foto-Plan gekommen.

Ich will weiterschreiben, aber Mama ruft mich zum Essen. Und danach kommt Lonneke. Ob sie ihre fantastischen Ideen in ihrem kleinen Koffer mitbringt?

Grüße von Juri

PS Geburtstag haben ist fürchterlich.

Noch immer Montag, 13. September

Hallo Stefan,

ich schreibe mit der Taschenlampe unter meiner Bettdecke. Es ist fast zehn Uhr. Die Vorbereitungen für morgen sind fertig und Lonneke ist nach Hause. Ein Glück! Aber ich muss ~~sagen~~ schreiben, sie kann wirklich gut backen.

Mama hat beim Backen der drei Obstböden mitgeholfen. Als die fertig waren, durften Lonneke und ich das Obst darauflegen. Weil es zu dritt ein bisschen eng in der Küche wurde und Mamas Arbeit ohnehin getan war, ging sie ins Wohnzimmer.

Lonneke arbeitete sehr genau. Sie übernahm die Mandarinenspalten. Die legte sie ganz ordentlich an den Rändern entlang. In die Mitte der Torten legte ich Bananen- und Apfelstückchen und Weintrauben. Weil meine Runde kleiner war, durfte ich drei Sorten legen. Zusammen pinselten wir anschließend eine Schicht Tortenguss über das Obst.

Als wir fertig waren, nahm Lonneke meine Hand. Ihre war ganz klebrig von den Mandarinen. Lonneke guckte mir tief in die Augen, holte tief Luft und sagte ruhig: „Ich werde deinen Bruder wiederfinden."

Mein Herz stand auf Pause. Ich guckte zur Küchentür und wünschte, dass Mama noch etwas wegblieb. Das hier durfte niemand hören.

„Lonneke", sagte ich, „niemand darf das wissen. Ich schaffe das schon allein."

„Freunde helfen sich gegenseitig", sagte Lonneke und zwickte mich in die Hand.

Ich zog meine Hand weg. Das Einzige, was ich wollte, war, in Ruhe gelassen zu werden. Ich suchte den Deckel von der Plastikdose mit den Obstresten. Er war nirgendwo zu finden. Ich hob das Handtuch hoch, um zu sehen, ob er darunter lag.

„Alles wird gut", sagte Lonneke.

„Wo ist dieser Scheißdeckel?"

„Siehst du?"

„Was: Siehst du?"

„Dass du meine Hilfe brauchst." Lonneke hob die Obstdose hoch. Da lag der Deckel.

Die Tür schwang auf und Mama kam in die Küche.

„Prächtig, Kinder", sagte sie. „Das sind wunderschöne Torten."

„Ja, nicht?", sagten Lonneke und ich im Chor.

Bevor ich den Deckel auf die Dose tun konnte, stibitzte Lonneke noch schnell ein Stückchen Banane daraus. Sie steckte es sich in den Mund und aß es schmatzend auf.

„Danke für deine Hilfe", sagte Mama zu Lonneke. „Sollen wir dich nach Hause begleiten?"

Lonneke drehte sich zu mir. Sie lächelte und zwinkerte mir zu.

Wir gingen zu dritt durch die Dämmerung. Lonneke und Mama vorneweg und ich direkt dahinter. Mir war ganz heiß von Lonnekes Plan. Aber die Luft war angenehm kühl. Lonneke erzählte, dass sie einen Aufsatz über die Geschichte der Olympischen Spiele schreibt. Zum Glück hielt sie den Mund über dich. Als wir vor ihrem Haus standen, gab sie mir einen Kuss auf die Wange. Ich spürte Mamas Blicke und traute mich nicht, Lonneke einen Kuss zurückzugeben.

Mama und ich gingen zurück nach Hause.

„Sie ist wirklich ein nettes Mädchen", sagte Mama.

Sie hat keine Ahnung von dem, was Lonneke alles vorhat. Und ich auch nicht.

Jetzt will ich versuchen zu schlafen. Morgen ist der große Tag. Ich habe doch auch Lust auf Geburtstag.

Grüße von Juri

Dienstag, 14. September

Hallo Stefan,

Augen beobachten mich. Aus jeder Ecke werde ich belauert. Aber wenn ich hinschaue ... ist da niemand.

Zum Geburtstag, lieber Juri, zum Geburtstag viel Glück! Ich habe meine neuen Sachen an, das Wohnzimmer ist geschmückt und mein Stuhl hängt voll mit Luftballons.

In der Schule waren die Obsttorten ein Hit. Alle wollten noch ein Stück, aber das ging nicht. Daran war Lehrer Job schuld (von der Siebten). Er fand, auch er könnte im Lehrerzimmer durchaus mit zugreifen.

In der Pause horchte Lonneke mich über dich aus. Ich

erzählte ihr von meinem Plan, Abzüge von deinen Fotos machen zu lassen.

„Dann machen wir das nach der Schule zusammen", sagte Lonneke.

„Das geht nicht", sagte ich. „Daheim wartet schon lauter Besuch auf mich."

„Wer denn?"

„Meine Verwandten. Meine Oma und so."

„Ach, lass sie warten. Es ist dein Geburtstag und du darfst machen, was du willst. Hast du die Fotos dabei?"

„Nein", log ich, denn sie steckten in der Innentasche meiner Jacke.

„Schade", sagte Lonneke. „Sonst hätte ich auch allein gehen können."

Das hatte ich schon befürchtet.

„Wir gehen morgen", sagte ich. „Morgen haben wir Zeit genug."

„Gut."

Sie rannte weg zu den Mädchen mit dem Sprungseil.

Nach der Schule ging ich nach Hause. Dort wartete der Besuch. Es war das erste Mal, dass ich Oma Bos wiedersehen würde.

Ich stand vor dem Haus und sah mich in unserem Wohnzimmerfenster. Drinnen saßen Leute, aber ich konnte nicht genau erkennen, wer. Ich wurde nervös. Nicht wegen der Geschenke oder weil sie singen würden, wenn ich hereinkam, sondern weil alle dich kennen. Und wir das alle miteinander die ganze Zeit verschweigen würden.

Es ist, als würde das Geheimnis immer größer.

Ich öffnete die Haustür (Mama hat mir einen eigenen Schlüssel gegeben) und horchte im Flur. Ich hörte Oma Bos lachen. Als Mama etwas sagte, lachte Oma Bos lauter. Mir schoss durch den Kopf, dass sie von dir sprachen. Aber das war unmöglich. Oma Bos würde dich nie auslachen.

Ich hängte meine Jacke an die Garderobe. Durch die schweren Fotos in der Innentasche hing sie merkwürdig schief. Ich drehte die Jacke, aber man sah immer noch, dass etwas Schweres darin war. Ich konnte die Fotos nach oben bringen, aber das wäre aufgefallen. Ich nahm sie aus der Tasche, einfach um sie noch kurz zu betrachten. Du starrtest mich mit einem schwarz-weiß gesprenkelten Kaninchen vom Kinderbauernhof auf dem Arm an.

„Kommst du, Juri?", klang es plötzlich aus der Nähe.

Die Wohnzimmertür ging auf. Schnell steckte ich die Fotos zurück.

„Und da ist das Geburtstagskind!", sagte Mama vergnügt. An ihrer Oberlippe klebte Schlagsahne.

Mama schob mich ins Wohnzimmer. Alle Stühle aus dem ganzen Haus waren hier versammelt im Kreis aufgestellt. Ich sah Papa, dann einen leeren Stuhl (da saß Mama), Oma Bos auf einem Bürostuhl, Oma Sterk, die Nachbarin (die kennt dich nicht, das gefiel mir; jemand, der nicht von mir denkt: Das ist der Junge, der nicht weiß, wo sein Bruder ist), Tante Elise mit dem kleinen Daan auf dem Schoß, der neue Freund von Tante Elise (den Kerl kenne ich nicht), Tante Stans, ein leerer, geschmückter Stuhl (für wen der wohl sein mag?), und damit war der Kreis rund. Alle schauten auf mich. Als wäre ich der Ministerpräsident und würde jetzt eine wichtige Mitteilung machen.

„Hallo“, sagte ich. Es hörte sich an, als hätte ich ein Kilo Rotz im Hals.

Papa zählte von drei rückwärts bis eins, und dann sangen alle „Hoch soll er leben“. Außer dem kleinen Daan, denn der ist noch zu klein zum Sprechen, das heißt, singen kann er erst recht nicht. Der neue Freund von Tante Elise sang auch nicht mit, bekam aber einen roten Kopf. Ich musste mich mit meinen Schuhen auf den Stuhl stellen (manche Dinge sind nur an Geburtstagen erlaubt), und alle klatschten mit dem Lied mit. Das Kilo Rotz verschwand.

Nach dem Singen stand Oma Bos auf, kam zu mir geschlurft und sagte: „Herzlichen Glückwunsch, Juri. Du wirst allmählich ein großer Junge.“ Sie gab mir einen Kuss und ein Päckchen. In dem Päckchen war ein Modellbau-Auto.

Dann kamen Papa und Mama mit einem ganz großen Paket. Sie mussten es zusammen tragen. Es war ein neues Aquarium für Frits und Schlamer. Mama hatte noch etwas für mich, das ich vorsichtig auf dem Schoß auspacken musste. Drei neue Fische! Sie schossen hin und her in dem wassergefüllten Plastikbeutel.

„Freunde für Frits und Schlamer“, sagte Mama.

Ich bekam noch viel mehr: Geld, ein Buch, den großen Karton Buntstifte, den ich mir gewünscht hatte, etwas für ins Aquarium, noch etwas für ins Aquarium und noch etwas für ins Aquarium. Frits, Schlamer und ihre drei namenlosen Freunde brauchen sich nicht zu langweilen!

Gerade als ich mich über ein großes Stück Sahnetorte hermachen wollte, klingelte es.

„Wer kann das sein?“, fragte Mama.

„Keine Ahnung“, sagte Papa.

Ich blickte den Kreis entlang. Kein Stuhl war mehr frei.

„Ist bestimmt für mich“, sagte ich und stand auf.

Durch das geriffelte Glas der Haustür sah ich das Rot schon. Ich öffnete die Tür einen Spalt weit.

„Nochmals alles Gute – Wünschelrute!“, trällerte Poncho-Lonneke.

„Wir gehen morgen“, sagte ich. „Das habe ich doch gesagt.“

„Das hier gehört zu meinem Plan“, sagte Lonneke.

Funkelaugen. Das konnte nicht viel Gutes bedeuten.

„Das hier ist eine einzigartige Gelegenheit“, sagte sie.

„Wieso? Wenn du wegen der Fotos kommst, hast du Pech, die habe ich aus Versehen in der Schule liegen lassen“, log ich.

„Das ganze Wohnzimmer ist voller Hinweise“, sagte Lonneke mit den Funkelaugen.

„Was meinst du?“

„Deine Verwandten. Vielleicht wissen sie, wo Stefan ist. Ich werde sie aushorchen.“

„Ich sehe dich morgen in der Schule!“, sagte ich.

Ich wollte die Haustür zumachen, aber Lonneke drückte von der anderen Seite dagegen.

„Juri, ich bin auch ganz vorsichtig.“ Sie steckte ihr Köfferchen herein. „Ich bitte sie, sich in mein Freundschaftsbuch einzutragen. Wer weiß, wie viele Hinweise da dann drinstehen.“

„Wer ist das?“, rief Mama aus dem Wohnzimmer.

„Niemand“, rief ich zurück. „Ich komme gleich!“

Ich schaute um die Tür herum zu Lonneke. „Ich muss zu meiner Feier. Du musst echt weg.“

„Aber willst du deinen Bruder denn nicht wiederfinden?", sagte Lonneke.

„Pst!" Echt, wenn Mama das gehört hätte, bekäme ich sicher Schwierigkeiten. „Ich sehe dich morgen in der Schule."

Ich sagte es anscheinend ziemlich streng, denn Lonneke wich einen Schritt zurück.

Und ich schloss die Tür.

Ich versuchte, ruhig ins Zimmer zu gehen. Nichts war, nein, gar nichts. Ich nahm den Teller mit meinem Stück Torte. Die Kuchengabel zitterte. Ich nahm einen Bissen.

„Wer war das?", fragte Mama.

„Jemand mit einer Sammelbüchse", sagte ich mit vollem Mund. „Ich habe gesagt, was du immer sagst: Das hier ist keine Sammel-Anlaufstelle."

Mama lächelte stolz. „Ganz der Sohn seiner Mutter, das hört man gleich."

Ich nahm noch einen Bissen von meiner Torte und versuchte, nicht an Lonneke zu denken.

Mir gegenüber saß Oma Sterk. Sie blickte auf den Garten hinter dem Haus und plötzlich verzog sich ihr Gesicht zu einer erstaunten Grimasse. Ich drehte mich um. Lonnekes Kopf lugte über den Gartenzaun. Mit einem Fernglas spähte sie zu uns herein.

„Ist das Lonneke?", fragte Mama.

„Die nette Lonneke?", fragte Papa.

„Sie ist nicht nett", sagte ich.

„Ach, ach! Ich glaube, hier ist jemand verliebt!", sagte der dumme neue Freund von Tante Elise.

„Ruf sie doch lieber herein", sagte Mama. „Dann kann sie

ein Stück Torte mitessen. Das hat sie sich verdient mit ihrer ganzen Arbeit."

Widerwillig ging ich nach draußen.

Lonneke folgte mir mit dem Fernglas. Ich stellte mich unter sie.

Lonneke lachte. „Dein Kopf ist ganz groß so."

„Meine Mutter sagt, du darfst kommen und Torte essen."

„Schön", sagte Lonneke. „Und lecker."

Sie schwang ihr Köfferchen in den Garten. Es plumpste irgendwo zwischen die Rosen. Lonneke beugte sich über den Zaun, aber weiter kam sie nicht.

„Ich glaube, mein Poncho hängt fest", sagte Lonneke.

Und auf einmal fiel mir ein, was sie gesagt hatte: Es war mein Geburtstag und ich durfte machen, was ich wollte.

„Ich hätte einfach durchs Tor gehen sollen", stöhnte Lonneke. Ihr Gesicht war genauso rot wie ihr Poncho.

Ich fasste sie an den Schultern.

„Ja, gut so", sagte sie. „Zieh einfach. Ziehen, Juri!"

Ich gab Lonneke einen Schubs. Sie kreischte und kippte auf der anderen Zaunseite nach unten. Etwas riss entzwei. Ein Stück von dem Poncho war an einem Nagel hängen geblieben.

„Ich versuche nur, dir zu helfen!", hörte ich Lonneke rufen. Ich nahm ihren Koffer und warf ihn im hohen Bogen über den Zaun. Lonnekes Geschrei nach zu urteilen, hatte ich sie damit getroffen.

„Du bist gemein!", sagte sie.

„Ich hatte dir doch gesagt, du solltest weggehen!", sagte ich.

Ich hörte Lonneke hüpfen und hochspringen. Ihre Hand lugte einige Male über den Zaun. Dann bekam sie das Stück Poncho zu fassen.

„Du vermisst deinen Bruder nicht“, hörte ich Lonneke sagen. „Nicht wirklich!“

„Was verstehst du schon davon?“, schimpfte ich zurück.

„Mehr als du!“

Lonneke stampfte von mir weg. Ich hörte die Sohlen ihrer Turnschuhe auf dem Gehweg. Erst laut und dann leiser und leiser. Ich lauschte, bis ich sie nicht mehr hörte, auch nicht mit zugekniffenen Augen.

„Lonneke?“, rief ich leise. „Lonneke?“

Aber Lonneke war weg.

Wieso vermisse ich dich nicht wirklich? Als ob sie etwas davon wüsste.

„Was war das für ein merkwürdiges Gör?“, fragte Oma Sterk, als ich wieder ins Wohnzimmer kam.

„Ein Mädchen aus meiner Klasse“, sagte ich.

„Wollte sie keine Torte?“, fragte Papa.

„Nein, sie wollte mir ihr neues Fernglas zeigen.“

„Apart“, sagte Mama.

Alle redeten weiter, als wenn nichts gewesen wäre. Ich machte mit und aß meine Torte.

Nachdem der Besuch weg war, trugen Papa und ich das Aquarium nach oben und füllten es mit Wasser. Aber ich hatte ein komisches Gefühl und schaute mich immer wieder um. Belauerte Lonneke uns noch von irgendwo? Durch ein Loch oder einen Spalt? Versuchte sie, sich durch die Koniferen der Nachbarn in unseren Garten zu schleichen?

Hüte dich vor Lonneke mit den Funkelaugen. Lonneke mit den Funkelaugen und den sonderbaren Plänen.

Grüße,
Juri

PS Als Oma Bos nach Hause fuhr, gab sie mir meinen selbst gezeichneten Donald-Duck-Strip. Den hatte ich völlig vergessen! Sie legte einen Finger an die Lippen und sagte: „Pst!" Niemand will an meine Zeit bei ihr erinnert werden.

Der Strip liegt sicher in meiner Schublade bei den Briefen, dem Hüttenzettel, dem Stein, dem Geburtstagsgeschenk für dich, den Fotos und dem Schild mit unseren Namen.

Mittwoch, 15. September

Hallo Stefan,

das fing ja wieder gut an.

Als ich zum Frühstück nach unten kam, sagte Mama: „Die kannst du in der Schule verteilen."

Sie reichte mir einen Stapel Briefumschläge über den Tisch und stieß dabei fast ihren Becher Milch um.

„Was soll ich damit?", sagte ich.

„Es sind die Einladungen zu deiner Geburtstagsfeier. Sie findet nächste Woche Mittwoch statt."

„Geburtstagsfeier? Ich gebe überhaupt keine Geburtstagsfeier!"

„Stimmt“, sagte Mama. „Aber ich. Ich gebe eine für dich.“

„Das macht doch gar keinen Sinn!“

„Du lädst einfach deine ganze Klasse ein, das wird sicher richtig nett.“

„Ich werde wirklich nicht jeden einladen“, sagte ich. „Schon gar nicht die dumme Denise mit ihren Schlabberleggins.“

„Vielleicht zieht Denise zu diesem Anlass ja etwas anderes an“, sagte Mama. „Alle kommen und dann ist richtig was los. Dann bist du echt der tollste Typ der Klasse.“

„Ich bin kein toller Typ“, sagte ich mürrisch.

Ich setzte mich an den Tisch und schmierte Butter auf mein Brot, als Klebstoff für meine Zuckerstreusel.

„Das Fest ist nächste Woche Mittwoch ab zwei Uhr“, sagte Mama. „Ich habe auf die Einladung geschrieben, dass unser Programm eine Überraschung ist, dann kannst du noch mit überlegen, wenn du willst.“ Sie lächelte und zeigte mit ihrem Messer auf mich. „Und ich werde zur Kontrolle Mütter anrufen, das heißt, du gibst am besten gleich jedem eine Einladung.“

Ich streute einen Berg Zuckerstreusel auf mein Butterbrot und steckte es mir mit einem Mal in den Mund. Ich hatte hier ja doch nichts zu sagen.

Manchmal verstehe ich Mama echt nicht. Einmal liegt sie tagsüber im Bett, müde von allem und allen. Ein andermal platzt sie schier vor Energie, ist emsig wie eine Ameise und organisiert Partys für Jungs, die keine Partys mögen.

Auf dem Schulhof begann ich sofort mit dem Austeilen der Einladungen. Dann hatte ich das schon mal hinter mir.

Lonneke stand von allen am nächsten an mir dran, aber auf sie hatte ich keine Lust. Also ging ich schnell zu einer Gruppe am anderen Ende des Schulhofs.

Denise hing am Klettergerüst herum und unterhielt sich mit ein paar Mädchen von einer anderen Schule, die hier überhaupt nicht herkommen dürfen. Ich erzählte, dass ich ein Fest gab, und streckte ihr eine Einladung entgegen. Sie schaute noch nicht einmal hin, sondern redete einfach weiter.

„Nimm doch mal eben die Einladung", sagte ich lauter und stupste sie mit der Ecke des Briefumschlags am Jackenärmel.

„Gib sie mir nachher in der Klasse. Ich laufe doch nicht zehn Minuten mit dem Ding in der Hand herum!" Wieder schnatterte sie mit den Mädchen. Sie erzählte irgendwas Langweiliges über Fernsehgucken mit Bas.

„Dumme Ziege", sagte ich und ging weg.

Lonneke lehnte mit dem Rücken an der Schulmauer. Sie hatte die Arme auf der Brust verschränkt. Mit dem Schuh stieß sie sich ab und ließ sich dann wieder gegen die Mauer fallen. Hatte sie mich gesehen? Ich konnte nicht ohne etwas zu sagen an ihr vorbeigehen, das würde zu sehr auffallen.

Ich ging auf Lonneke zu, als ob nichts geschehen wäre. Als ob ich sie gestern nicht vom Zaun geschubst und ihr anschließend ihren Koffer auf den Kopf geworfen hätte. Lonneke tat, als würde sie mich nicht kommen hören, und schaute in die andere Richtung.

„Hey, Lonneke", sagte ich zu ihrem Hinterkopf, „hast du Lust, zu meinem Fest zu kommen?"

Sie drehte sich zu mir. Erst da sah ich die blaue Beule über ihrer Augenbraue.

Lonneke warf mir einen gemeinen Blick zu. „Nein, danke. Mir ist jetzt noch übel von dem Gestank in deinem Zimmer."

„Du willst nicht auf mein Fest kommen?"

„Wir sind keine Freunde mehr."

Sie kniff die Augen zu Schlitzen zusammen. Weg war das Funkeln.

„Dann eben nicht", sagte ich.

Wir blieben eine Weile stehen, bis sie zu den Klettergerüsten ging. Da legte Denise sich gerade so richtig ins Zeug und zeigte, wie gut sie sich drehen konnte.

Lonneke schaute zu mir und rief: „Deine Seiten in meinem Freundschaftsbuch habe ich zusammengeklebt. Ich hatte keine Lust mehr, mir deine Kritzelhandschrift anzuschauen!"

„Prima", sagte ich. Aber ich dachte: Wenn sie nur den Mund hält über dich!

Ansonsten freuten sich alle über die Einladung. Selbst Denise! In der Klasse nahm sie ihren Briefumschlag von meinem Tisch und sagte: „Ich komme gern zu deinem Fest, Juri-Boy." Juri-Boy! Wie kommt sie bloß darauf!

Als wir um Viertel nach zwölf draußen waren, rannte ich sofort zu der Fotoabteilung im Supermarkt. Endlich Zeit für deine Bilder! Es ist ein Wunder, dass Mama sie noch nicht vermisst.

„Ja bitte, junger Mann?", sagte die Frau hinter dem Tresen.

„Ich möchte Abzüge von ein paar Fotos machen lassen."

Ich sagte es mit meiner tiefsten und ruhigsten Stimme, so als kämen jeden Tag irgendwelche Jungen hierher, um Fotos von ihrem verschwundenen Bruder nachzubestellen.

„Das geht", sagte die Frau und nahm eine Fototüte. „Hier darfst du deinen Namen eintragen."

Ich schrieb sehr ordentlich. Vorsichtig tat ich deine Fotos in die Tüte und drückte extra fest auf den Klebepunkt, damit sie unterwegs auch nicht aufging.

„Sehr gut", sagte die Frau und riss einen Streifen von der Tüte.

„Damit kannst du die Fotos abholen."

„Ja", sagte ich.

„In einer Woche sind sie fertig. Frühestens." Sie warf die Tüte in eine Art Briefkasten. „Aber letztens hat es eine Störung gegeben, das heißt, es kann länger dauern. An deiner Stelle würde ich eher von anderthalb bis zwei Wochen ausgehen."

Zwei Wochen! Das ist viel zu lang. Dann kommt Mama mir bestimmt auf die Schliche.

„Dann hätte ich sie gerne wieder", sagte ich.

Die Frau seufzte und zeigte auf den Briefkasten. „Dann muss erst jemand mit dem Schlüssel kommen."

Eine Viertelstunde später stand ich draußen. Mit Fotos, ohne Lösung.

Was jetzt? Die Fotos habe ich in meine Schreibtischschublade gelegt. Ich muss mir etwas anderes überlegen. Aber was? Wenn es noch länger dauert, muss ich die Fotos in Mamas Nachtschrank zurücklegen. Das Risiko wird zu groß.

Juri

Donnerstag, 16. September

Hallo Stefan,

es ist weniger schön und in Schwarz-Weiß, aber es hat geklappt.

Nach der Schule bin ich in die Bibliothek gegangen (angeblich um Bücher auszuleihen). Da habe ich deine Fotos eins nach dem anderen unter den Kopierer gelegt. Es war witzig, dein Gesicht jedes Mal aus dem Apparat herauskommen zu sehen.

Das Schild habe ich auch kopiert. Ein dünnes, dunkles Papier ist ganz anders als eine schwere, dicke Keramiktafel. Aber es ist etwas, das ich bei mir behalten und mir anschauen kann. Auch wenn unsere Namen fast nicht mehr zu lesen sind.

Auf dem Nachhauseweg bin ich Mama am Anfang unserer Straße begegnet. Sie unterhielt sich gerade mit der Frau an der Ecke, die in ihrem Garten kniete und das Unkraut aus der Erde zog.

„Tag, Juri", sagte Mama.

Ich grüßte zurück. Die Frau an der Ecke stand auf und wischte sich die schmutzigen Hände an ihrer Schürze ab.

„Das ist mein Sohn Juri", sagte Mama.

„Na, das sieht man aber, dass ihr miteinander verwandt seid!"

Das sagen die Leute öfter. Ich weiß nie so recht, was ich damit anfangen soll.

Mama strich mir durchs Haar. „Geh schon mal vor, Juri. Ich komme gleich. Die Haustür ist offen. Ich habe gerade Kekse gekauft. Nimm nur. Sie sind in der Tasche, die in der Küche steht."

Aber ich nahm mir keinen Keks. Und auch nichts zum Trinken. Ich bin sofort, immer zwei Stufen auf einmal, die Treppe hoch und in mein Zimmer gerannt. Da habe ich nacheinander alle weißen Ränder von den Kopien abgeschnitten. Mit dem Zurücklegen der echten Fotos wollte ich noch warten. Erst musste ich sicher sein, dass das Einzige, was ich von dir habe, heil und ganz geblieben ist. In deinem Gesicht durfte es keine Schereneinschnitte geben.

Als ich fertig war, habe ich die Kopien deiner Fotos in meine Schublade gelegt, zu dem Hüttenzettel, dem Stein, dem Comicstrip, dem Geburtstagsgeschenk und meinen Briefen an dich.

Dann wollte ich die echten Fotos zurücklegen.

Ich trat auf den Flur und hörte, dass Mama wieder zu Hause war. Sie hatte ihre Musik aufgelegt.

„Ave Maria!", sang sie im Wohnzimmer.

Leise drückte ich die Klinke der Schlafzimmertür herunter. Mama kam im Wohnzimmer so richtig in Fahrt und zog die Wörter in die Länge.

„Aaaaaah-ve Ma-riiiiii-hii-jaaaa!"

Auf Zehenspitzen schlich ich zu Mamas Seite des Bettes und legte die Fotos und das Namensschild auf den Boden. Ich musste an den Nachmittag denken, als Lonneke sie hier aufs Bett geworfen hat. Daran, wie still es mich gemacht hatte, zum ersten Mal nach langer, langer Zeit etwas von dir wiederzusehen.

Ich kniete mich vor den Nachtschrank, öffnete ihn leise und schaute hinein. Da lag der Schal; genauso, wie ich ihn zurückgelegt hatte. Innerlich glühte ich. Mama hatte nichts entdeckt. Ich nahm ihn und hob ihn hoch. Dann fühlte ich es. Etwas steckte darin! Wie war das möglich? Ich rieb die Stoffschichten gegeneinander. Ein leises Rascheln. Zwischen dem Stoff spürte ich etwas Dünnes, Längliches. Hatte ich letztes Mal etwas vergessen? Hatte ich Dummkopf ein Foto dringelassen? Nein. Ich war mir sicher: Der Schal war leer gewesen. Mein Atem ging schneller. Was sollte ich tun? Ich konnte das Schild und die Fotos in den Schal packen, alles in den Nachtschrank feuern und so tun, als wüsste ich von nichts. Nein. Wenn ich das tat, könnte ich nie mehr schlafen und würde mich immerfort fragen, was in dem Schal gewesen war. Ich setzte mich aufs Bett. Der Schal lag in meinen Händen. Ich fasste den Rand des Stoffs und schlug ihn zurück. Nichts zu sehen. Ich hob den Schal in die Höhe und wickelte den Stoff ab. Schicht für Schicht. Immer besser sah ich es. Darin war ein Stück Papier. Gelblich, mit einer fransigen Seite. Als wäre es irgendwo ausgerissen worden.

Darauf stand in dicken Buchstaben:

DU BIST EIN DIEB.
GENAU WIE DEIN BRUDER

Ich holte zu tief Luft und verschluckte mich. Ich hustete. Ich hustete und prustete, als würde mir ich weiß nicht was im Hals stecken. Und als ich wieder ein wenig zu Atem gekommen war, fing ich an zu weinen, wie ich noch nie geweint hatte. Ich sah dich vor mir, in einem kleinen, weißen Raum.

Mit einer so niedrigen Decke, dass du nicht stehen konntest. Und du riefst und weintest, dass du hinaus möchtest. Aber keiner hörte dich.

Ich nahm die Fotos und das Namensschild und wickelte alles zusammen in den Schal. Ich wollte hier weg. Ich legte den Schal zurück in den Nachtschrank, an die Stelle, wo er gelegen hatte, und klappte das Türchen zu. Als ich aufstand, wirbelte das Stück Papier auf den Boden. Was sollte ich damit? Ich konnte es nicht liegen lassen. Zu den Fotos tun? Nein, das wollte ich nicht. Deine Fotos sollten nicht für den Rest ihres Lebens bei dem hässlichen Papier bleiben. Ich hob es auf. Einen Moment lang war ich unsicher, was ich tun sollte. Dann ging ich in mein Zimmer und warf die Tür hinter mir zu. Das doofe Papier hatte ich immer noch in der Hand. Wie konnte Mama das nur schreiben? Schnell zerriss ich es. So. Das konnte keiner mehr lesen. Dann klopfte es hinter mir an die Tür. Drei Mal. Ich schoss weg. Die Tür ging auf und Mama schaute in mein Zimmer.

„Kommst du und hilfst mir beim Kartoffelschälen?“, fragte sie.

Ich versteckte meine Hände mit den Papierschnipseln hinter dem Rücken.

„Ist gut“, sagte ich. „Ich komm gleich.“

„Hast du geweint?“, fragte Mama besorgt.

„Nein, nein“, log ich. „Ich hatte mich verschluckt und musste ganz viel husten. Darum habe ich rote Augen.“

„Ach.“ Mama blieb misstrauisch. „Was hast du da?“, fragte sie.

„Nichts“, sagte ich.

„Ich sehe es doch“, sagte Mama. „Ich sehe, dass du etwas hinter deinem Rücken versteckst.“

„Nein“, sagte ich. „Nein, wirklich nicht.“

„Dann zeig her!“, forderte Mama mich heraus.

Ich hielt die Luft an und gab mir Mühe, dabei nicht rot anzulaufen.

„Gut“, sagte ich. Langsam zog ich meine Hände hinter meinem Rücken hervor und zeigte sie Mama: Sie waren leer.

„Ach“, sagte Mama und lächelte. „Du steckst voller Überraschungen. Dann sehe ich dich gleich unten.“

Sie schloss die Tür, und ich konnte wieder atmen. Ich fischte die Papierschnipsel hinten aus meiner Hose und warf sie in den Papierkorb.

Die Worte wummern mir durch den Kopf: „Du bist ein Dieb. Genau wie dein Bruder.“ Ist es das, weswegen du weg bist? Hast du wieder etwas gestohlen? Du weißt, was die Polizei letztes Mal gesagt hat: Diesmal kommst du noch glimpflich davon, ein nächstes Mal nicht mehr.

Was wird Mama tun, wenn sie sieht, dass die Fotos wieder in ihrem Nachtschrank liegen? Und warum hat sie nichts gesagt, als sie sah, dass sie weg waren?

Juri

16./17. September

Was ich noch davon weiß, ist das: Du warst im Wald. Ich auch. Wir hörten etwas. Geraschel. Wir schauten uns um. Nichts zu sehen, nur dunkle Bäume. Dann sprang ein Wolf hinter dir hervor und biss dich in den Nacken. Du hast geschrien und mit den Armen um dich geschlagen, aber der Wolf war zu stark. Er biss fester. Blut tropfte von deiner Kleidung auf das braune Laub auf dem Boden. Ich wollte schreien, aber ich schrie nicht. Ich wollte Hilfe holen, aber ich blieb stehen. Du wurdest mitgeschleift. Und ich tat überhaupt nichts.

Papa weckte mich auf.

„Geht es, Juri?“ Lampenlicht schien aus dem Flur in mein Zimmer herein. Papa stand in seinem Pyjama neben meinem Bett.

Ich hatte deine Stimme vergessen. Und das sagte ich auch.

„Du hast schlecht geträumt“, sagte Papa.

Die Bettdecke klebte an mir, so sehr hatte ich geschwitzt.

Papa wuschelte mir durchs Haar. „Warte“, sagte er.

Als ob ich irgendwohin gehen würde.

Papa ging aus meinem Zimmer und kam mit einem kühlen, nassen Waschlappen zurück. Er tupfte mir das Gesicht ab.

„Was hast du geträumt?“

„Von Stefan.“

„Ach, Junge“, sagte er.

Papa legte mir den Waschlappen auf die Stirn und drückte ihn an. „Besser so?“

„Ja.“

Papa betrachtete mich. „Ich wünschte, ich könnte dir helfen."

Er kann mir helfen, aber das will er nicht wirklich.

Ich schloss die Augen.

„Willst du noch mal aufs Klo?"

„Nein."

„Wirst du dann jetzt wieder schlafen?"

„Ja."

„An schöne Dinge denken."

„Klar."

„Willst du, dass ich noch etwas sitzen bleibe? Bis du wieder schläfst?"

„Papa, ich bin kein Baby mehr."

„Na gut."

Aber ich dachte nicht an schöne Dinge. Ich ging zurück in den Wald. Zu der Blutspur. Der bin ich gefolgt. Tief und tiefer hinein in den Wald. Du hast viel Blut. Denn auch am Morgen hatte ich dich noch nicht gefunden.

Juri

Sonntag, 19. September

Hallo Stefan,

immer nachdem Mama oben gewesen ist, denke ich: Jetzt sagt sie etwas wegen der Fotos. Aber das tut sie nicht. Auch nicht heute, als sie so aufgedreht war, als hätte sie neue Batterien.

Auch Papa kann ich nichts anmerken. Nicht dass ich glaube, er wüsste etwas von den Fotos, aber trotzdem. Manchmal überlege ich mir, sie ihm zu geben. Um ihm zu zeigen, dass auch Mama an dich denkt. Dass sie ein falsches Spiel spielt.

So aufgedreht wie Mama manchmal sein kann, so ruhig ist Papa. Er scheint sich an nichts mehr zu stören. Er liest seine Zeitung, werkelt im Garten herum oder geht spazieren. Neulich habe ich mit Mama am Tisch ein Brötchen gegessen und erst eine halbe Stunde später bemerkt, dass Papa auch im Zimmer war. Papa ist ein Superheld geworden: der unsichtbare Mann.

Mama ist heute früh wieder in der Kirche gewesen. Sie bleibt immer länger weg. Oft haben Papa und ich schon zu Mittag gegessen, bevor sie wieder da ist. In der Woche geht sie manchmal auch hin. Papa fragt nicht mehr, was sie gemacht hat. Ich auch nicht. Ich will zwar wissen, was es in dieser Kirche zu erleben gibt, aber wenn Mama zu erzählen anfängt, nimmt das kein Ende. Sie erzählt lange über Dinge, die nicht interessant sind. Darüber, wie sie den Rauch betrachtet hat, der aus einem Gefäß hochkringelte. Und die Formen, die der Rauch in der Luft gemacht hat. Und wo der Rauch dann geblieben ist im Universum. (Oder so ähnlich.) Sie plappert und klappert weiter wie eine Maschine mit kaputter Bremse.

Ich wollte dir diese Sachen kurz erzählen. Sonst hätte ich sie vielleicht Lonneke erzählt, aber die spricht nicht mehr mit mir. Wenn sie mich ankommen sieht, stellt sie sich schnell woanders hin. Das ist in erster Linie ihr Pech, denn jetzt kommt sie Mittwoch nicht zu meinem Fest. Ist auch viel ruhiger so. Zusätzlich zu Mamas Geplapper kann ich nicht auch noch Lonnekes Gegackere haben.

Viele Grüße,
Juri

Dienstag, 21. September

Hallo Stefan,

ich habe mir auch selbst noch Gedanken über das Fest gemacht. Es kommt ja doch. Und Papa sagt, es ist eine gute Gelegenheit, mich mit meinen Klassenkameraden anzufreunden. Nach der Schule hatte ich lauter wilde Pläne aufgeschrieben und Mama am Tisch vorgelesen: ins Schwimmbad, dann ins Kino und danach in einem italienischen Restaurant Pizza essen. Mama saß mir im Morgenmantel gegenüber. Sie schaute aus dem Fenster und rauchte eine Zigarette.

„Ich weiß es nicht“, sagte sie. „Der Tag ist dunkel.“ Mama

klopfte die Asche von ihrer Zigarette und beobachtete einen Spatz, der durch den Garten hüpfte. Die Asche fiel neben den Aschenbecher.

Ich versuchte es noch einmal: „Das wird echt toll. Weißt du, wie viele Rutschbahnen das Schwimmbad hat?"

Mama schien mich gar nicht zu hören.

Ich sagte: „Ich sollte mir doch Sachen überlegen, die mir Spaß machen! Das wolltest du doch?"

„Das war letzte Woche", sagte Mama. „Diese Woche ist es grau und kalt."

Ob sie wegen der Fotos so tat? Gesagt hat sie noch immer nichts dazu.

Ich schaute zu Mama. Der Rauch aus ihrem Mund machte ihr Gesicht neblig.

Ich schluckte einen harten Schleimklumpen weg.

„Ist irgendwas?", fragte ich.

„Irgendwas ist immer", sagte Mama. „Oder irgendwer. So viel, worum man sich kümmern muss. Ich schaffe das alles nicht mehr."

Ich dachte eine Weile nach über das, was Mama gesagt hatte.

„Ich verstehe nicht, was du meinst", sagte ich.

„Ein Glück", sagte Mama, nahm den Aschenbecher und ging damit auf den Flur.

„Das heißt, wir gehen nicht ins Schwimmbad?", rief ich.

„Besser, du überlegst dir etwas für hier, Lieber", sagte Mama auf dem Flur. „Ich glaube nicht, dass ich morgen die Energie habe, euch alle ins Schlepptau zu nehmen. Dein Vater kann nicht freibekommen, das heißt, ich stehe mit allem alleine da. Aber das ist ja nichts Neues."

Mama schlurfte nach oben.

Da saß ich also mit einem Blatt Papier voll wertloser Ideen. Ich wurde sehr böse. Erst gibt Mama ein Fest für mich, und ich *muss* Einladungen verteilen. Jetzt hat sie keine Lust mehr, und ich darf mir wieder alles Mögliche einfallen lassen. Wenn nicht alle schon die ganze Woche gerufen hätten: „Ich habe ja solche Lust auf dein Fest!", hätte ich es morgen noch abgesagt.

Jetzt denke ich über neue Ideen nach. Hoffentlich bekomme ich noch eine Inspiration.

Schöne Grüße,
Juri

Mittwoch, 22. September

Stefan,

heute Nachmittag, das war der Knaller.

Meine Klassenkameraden freuten sich auf mein Fest. Ich glaube, ich wurde mindestens zwanzig Mal gefragt: „Und was machen wir nachher?"

„Das ist eine Überraschung", sagte ich immer.

Lonneke tat so, als wäre ich Luft. Wenn ich in ihre Nähe kam, drehte sie den Kopf weg. Aber als ich an meinem Tisch saß und arbeitete und auf einmal zu ihr schaute, guckte sie auch zu mir. Schnell tat sie so, als wäre sie bei der Arbeit, und schmierte das Blatt vor ihrer Nase mit irgendwas voll. Na klar!

Als ich um halb eins nach Hause kam, lag Mama noch im Bett.

Ich ging nach oben.

„Meine Klassenkameraden kommen schon um zwei Uhr", sagte ich so laut, dass sie davon aufwachen musste, und so leise, dass sie sich nicht zu Tode erschreckte.

„Iss erst mal was", krächzte Mama. „Ich komme gleich."

Ich machte mir ein Käsesandwich und packte es in den Sandwichtoaster. Oben hörte ich die Dusche. Ein Glück. Ich brauchte Mamas Hilfe, um alle Sachen bereitzustellen.

Mama hatte sich in ihr schönstes Kleid geworfen. Du weißt schon, das mit dem Silberglitter, das sie bei der Weihnachtsgala von Papas altem Tennisklub anhatte. Sie hatte auch noch Schuhe mit hohen Absätzen angezogen, auf denen sie fast nicht laufen konnte. In ihrem Glitzerkleid fiel Mama in unserem stinknormalen Wohnzimmer ziemlich auf. Es war, als würde eine riesige Discokugel durchs Haus eiern. Aber ich war froh, dass Mama auf war. Sie gab sich die allergrößte Mühe.

Meine Klassenkameraden kamen in kleinen Gruppen. Kaum saß ich, da klingelte es schon wieder. Mama machte die Haustür auf, und ich sagte: „Willkommen zu meinem Fest." Man konnte sehen, dass meine Klassenkameraden vor dem ganzen Glitter erschraken. Ben und Sam schrien sogar leise auf, aber das wohl mehr, weil sie lustig sein wollten. Ich hörte jemand flüstern: „Sie sieht aus wie ein Weihnachtsbaum in Silber. Dabei haben wir erst September!"

Denise kam natürlich mit Bas. Und sie trug eine Jeans!

Zum Glück war auch Huberta rechtzeitig da (sie hatte vorher noch zum Kieferorthopäden gemusst, wegen einer Außenspange).

Der Bäcker hatte heute früh eine große Sahnetorte mit meinem Namen drauf gebracht:

JURRIE 12 JAHRE!

Dass der Bäcker gleich zwei Fehler in einem vier Buchstaben langen Namen gemacht hatte, fand ich ziemlich beachtlich.

Ich blies die Kerzen aus (Mama bestand auf dem kindischen Getue) und alle bekamen ein Glas Limo und ein Stück von der Torte, die auf dem Tisch stand. Huberta auch. Es machte mir Zahnschmerzen, sie essen zu sehen. Sie brauchte eine geschlagene Viertelstunde, um die Torte an ihrer Spange vorbeizubugsieren. Danach konnten wir noch eine halbe Stunde den Anblick der Reste genießen, die an ihrem Außenborder hängen geblieben waren.

„Huberta, du hast Torte an deiner Spange", sagte Bas.

„Sie tut weh", murmelte sie. „Ich will jetzt nicht zu viel daran herummachen."

Dann waren die Geschenke an der Reihe. Meine Klassenkameraden hatten nicht vergessen, dass ich ein neues Aquarium bekommen hatte. Ich bekam drei neue Spielzeuge für meine Fische. Weiter bekam ich Aufkleber, ein Autoquartett-Spiel, einen Kalender, einen großen Bleistift (und damit meine ich wirklich groß, einen halben Meter oder so) und noch viel mehr.

Mama lief auf und ab. Wenn ein Kuchenteller leer war, nahm sie ihn sofort weg. Sie klapperte auf ihren hohen Absätzen damit zur Küche und rannte zurück, um zu sehen, ob schon ein anderer Teller leer war.

Als wir unsere Torte gegessen hatten und Mama mit Schweiß auf der Stirn den letzten Teller wegbrachte, war es ziemlich gemütlich geworden. Jeffrey erzählte Witze. Papa hat recht: Wenn es schmutzig wird, ist es immer lustig.

„Ist das Lonneke?", sagte Denise auf einmal. Sie stellte sich vors Wohnzimmerfenster und spähte zu den Büschen auf der anderen Straßenseite. „Ich glaube, ich habe Lonneke gerade gesehen."

Alle stürzten ans Fenster. Das machte überhaupt keinen Sinn, denn sonst kümmern sie sich nicht die Bohne um Lonneke. Draußen war nichts Besonderes zu sehen. Aus den Sträuchern guckte auch keine kackende Königin hervor oder so. Stattdessen schauten wir alle auf eine Straße mit parkenden Autos und einer Grünanlage.

„Sie war doch nicht eingeladen?", fragte Lex.

„Sie war wohl eingeladen", sagte ich, „aber sie wollte nicht kommen."

„Wundert dich das, wenn du so zu ihr bist?", sagte Denise bissig.

„Ich weiß nicht, wovon du sprichst", sagte ich. „Ich habe ihr auch einen Umschlag gegeben, aber sie wollte ihn nicht annehmen."

Und so war es.

Schon bald fand keiner mehr das Gebüsch-mit-nichts-drin

interessant. Meine Klassenkameraden setzten sich wieder um den Tisch. Ein Glück. Das hier war mein Fest und nicht das dieser Lonneke, die ihre Nase in alles steckte.

„Ich habe Filme geliehen", sagte ich. „Wollt ihr lachen? Oder wollt ihr … VOR ANGST STERBEN!?"

Meine Klasse entschied sich für Horror.

(Und ja, Stefan, ein Film ab sechzehn und älter! In der Videothek habe ich zu Mama gesagt: „Ich durfte schon nicht ins Schwimmbad, also komm mir jetzt nicht damit, der Film wäre zu gruselig!"

„Schon gut, schon gut!", sagte Mama sofort. „Solange dein Vater es nicht mitbekommt …"

Dann fragte sie: „Wovon handelt der Film?" Sie hat sicher gehofft, ich würde sie beruhigen.

„Etwas mit Zombies, die Blut trinken und Eingeweide essen", sagte ich. „Aber glaub mir, am Ende wird alles wieder gut."

Mama seufzte, nahm mir den Film aus der Hand und ging mit meinem Zombiefilm und einer Komödie mit einem sprechenden Hund zur Kasse.)

Die Mädchen kreischten schon, bevor der Film überhaupt lief. Wir setzten uns aufs Sofa und auf die Kissen, die ich davor hingelegt hatte. Dann hatte ich eine gute Idee. Um die Lonnekes, die vielleicht doch im Gebüsch versteckt saßen, für immer von meinem Fest fernzuhalten, sagte ich: „Und jetzt machen wir es hier schön dunkel."

„Ja, so wie im Kino!", rief Ben und half mir, die Vorhänge zu schließen.

„Meine Mutter sagt, ich darf mir so was nicht ansehen", erklärte Huberta.

„Wieso nicht?", fragte ich.

Sie zeigte auf den Fernsehbildschirm, auf dem stand: freigegeben ab sechzehn Jahren.

„Das ist doch cool!", versuchte es Lex.

„Meine Mutter hat es verboten", sagte Huberta. Der Film begann und sie schlug die Hände vors Gesicht. Ihre Handgelenke knallten dabei gegen ihre Außenspange und sie schrie vor Schmerz.

„Jetzt ist die Schlagsahne an deinem Ärmel", nervte sie Bas.

Dann klingelte es.

„Seht ihr euch nur den Film an", sagte Mama und ging zur Haustür. Ich hatte die Klingel längst vergessen, als Mama plötzlich mit einem kleinen Schatten neben sich im Zimmer stand. Niemand sagte etwas. Der Schatten näherte sich schrittchenweise. Ich drückte auf die Pausentaste der Fernbedienung und Herr Zombie bewegte sich nicht mehr. Das Licht des Fernsehers schien auf ein Mädchen ähnlich wie Lonneke.

„Sie hatte sich in der Zeit vertan", sagte Mama.

Wir schauten alle auf die Lonneke, die nicht unsere Lonneke war. Die Zöpfe auf ihrem Kopf waren weg. Ihre Haare waren kurzgeschnitten, zu Strähnen.

„Setz dich schön mit dazu", sagte Mama. „Magst du ein Stück Torte?"

„Gern", sagte Lonneke, und vorsichtig suchte sie sich einen Platz. Sie setzte sich aufs Sofa neben Denise, die sofort an Lonnekes kurzen Haaren herumzufummeln begann.

Ich spürte Lonnekes Schuh im Rücken. Schnell rückte ich weiter auf ein Kissen neben mir.

Ich konnte mir den Film nicht mehr richtig anschauen. Es war, als lauerte auch mir hier im Zimmer ein Zombie auf. Einer, der gerade beim Frisör gewesen war.

Ich drehte mich um. Es war so dunkel, dass ich Lonneke kaum sehen konnte.

„Was tust du hier?", flüsterte ich.

„Film gucken", flüsterte Lonneke zurück.

„Du wolltest doch nicht kommen? Warum bist du dann hier?"

„Das ist deine Schuld. Du hättest die Vorhänge auflassen sollen."

„Hast du mich ausspioniert?"

„Ich habe nicht auf dich geguckt, sondern auf den Rest der Klasse."

„Pst!", zischten die anderen um uns herum.

Sie hingen mit offenen Mündern vor dem Fernseher. Wenn ich gewollt hätte, hätte ich jedem ein Stück Mäusespeck hineinwerfen können.

„Wenn du hier bist, um mir mein Fest zu verderben, kannst du besser abzischen", sagte ich noch etwas leiser.

„Ich tue doch nichts", sagte Lonneke.

„Doch, das tust du", sagte ich. „Ich spüre doch, wie du guckst."

„Ich mag einfach sehr, sehr gerne Zombiefilme", sagte Lonneke böse.

„Auf mich, meine ich, du guckst auf mich."

„Tu ich nicht."

„Du bist doof.“

„Musst du gerade sagen, du Poncho-Killer.“

„Du wolltest nie mehr hierherkommen!“ Ich flüsterte nicht mehr, ich schrie. Aber ich konnte nicht damit aufhören. „Und jetzt bist du auf *meinem* Fest in *meinem* Haus!“

„Meiner Meinung nach“, sagte Lonneke ruhig, „gehört dieses Haus deinen Eltern.“

Da hatte sie allerdings recht. Dieses Haus ist nur das von Papa und Mama. Ich habe hier nichts zu suchen.

Ich stand auf. „Ich will, dass du gehst“, sagte ich. „Und zwar jetzt gleich.“

Ich tat einen Schritt zurück und stieß Bas gegen den Arm. Cola schwappte aus seinem Glas.

„Sieh nur, was du angerichtet hast, Tollpatsch“, sagte Denise. „Seine ganze Hose ist nass!“

Bas guckte dumpf zu seiner Freundin.

Mama kam ins Zimmer gerannt, als hätte es einen Alarm gegeben, nur weil ihre Möbel beinahe nass geworden wären.

„Was ist los?“, fragte sie.

„Juri hat Bas Cola über die Hose geschüttet“, sagte Denise.

„Was soll das?“, fragte Mama böse.

„Es war aus Versehen“, sagte ich schnell. „Als ich aufgestanden bin.“

„Ich hole die Küchenrolle“, sagte Mama und knipste die große Lampe an. Grelles Licht stach mir in die Augen. Ich schaute weg und schirmte meine Augen mit der Hand ab.

Dann sagte Denise plötzlich: „Ist es das Getue wegen deinem Bruder?“

Und alles wurde stiller als still.

„Na? Ist es schon wieder dieses Bruder-Getue?“, fragte Denise mit gerunzelter Stirn.

„*Was* sagst du?“, fragte Mama vorsichtig. Der Mund stand ihr offen und es war, als würde sie leerlaufen, sie ging immer weiter in die Knie.

„Dass es wieder um seinen angeblichen Bruder geht. Was hast du denn, Mann“, sagte Denise zu mir. „Das hier ist doch ein Fest, oder?“

Im Fernseher schrie jemand. Ein Mädchen wurde von einer Gruppe von Zombies angegriffen. Blut spritzte.

Mit einem Ruck wandte ich mich zu Lonneke. Die saß zusammengekauert auf dem Sofa.

„Du solltest den Mund halten!“, schrie ich.

Lonneke sah mich mit großen Augen an. „Entschuldigung.“ Sie redete leise. „Ich war böse.“

„Ja, und?“, sagte ich. Sollte das etwa ein Grund sein?

„Es kommt alles durch Daniel“, sagte Lonneke. Sie atmete in kurzen Zuckungen.

„Was faselst du da?“, sagte ich. Ich verstand echt nicht, wovon sie sprach.

„Er ist tot. Daniel ist tot.“

„Wovon redest du? Wer ist Daniel?“

„Mein kleiner Bruder“, sagte Lonneke. Sie atmete tief aus. „Daniel war mein kleiner Bruder.“

Tränen liefen ihr über die Wangen bis zum Kinn.

„Entschuldigung“, sagte sie wieder.

„Juri, wa…“ Mama zuckte. Sie stützte sich mit einer Hand auf dem Boden ab. Ihre Stimme war tief und bebte, als wäre sie hingefallen und hätte deshalb Schmerzen. „Ich hole die Küchenrolle“, sagte sie nochmals.

Sie stand auf und stolperte in den Flur, die Treppe hoch. Aber oben liegt keine Küchenrolle.

Noch immer stand ich zwischen den Kissen und den Klassenkameraden. Ich tat nichts. Ich wollte nichts. Ich dachte nichts. Verrückt, aber ich fühlte mich glücklich. Leer und glücklich.

Lonneke stand vom Sofa auf, fiel beinahe über Sam und ging aus dem Zimmer. Kurz darauf hörte ich die Haustür zuschlagen.

„Sehen wir den Film noch zu Ende oder nicht?", fragte Bas.

„Erst reibe ich mal deine Hose trocken", sagte Denise.

„Macht doch, was ihr wollt", sagte ich.

Ich ging fort. Raus aus dem Wohnzimmer. Durch die Küche nach draußen in den Garten. Zum Tor hinaus, den Weg entlang, über die Straße, durch Straßen hindurch auf die Wiese. Dort habe ich mich hingelegt. Ins Gras, zwischen die Kuhfladen. Und in die Sonne geschaut. Mit weit geöffneten Augen. Tränen kullerten mir in dicken Tropfen bis in die Ohren. Ich habe geschaut, bis mir die Augen so wehtaten, dass sie von selbst zufielen.

Wie es mit den Zombies ausgegangen ist, weiß ich nicht.

Ich irrte durch die Nachbarschaft. Nach Hause traute ich mich nicht mehr. Was sollte ich sagen? Hockte die Klasse jetzt gerade mit Limo und Chips im Wohnzimmer und guckte sich den Lachfilm an? Oder war das Fest vorbei und das Zimmer ein einziger Sauhaufen? Ich hoffte, dass Papa auf der Suche nach mir war. Oder dass ich Mama begegnen würde. Mama, die in ihrem schönsten Kleid durch die Straßen rannte und nach mir rief. Oder suchte sie immer noch oben nach der Küchenrolle? Der Küchenrolle, die wir im Küchenschrank aufbewahren.

Es wurde kälter, als die Dämmerung hereinbrach. Ich zog die Arme durch die Ärmel unter mein T-Shirt. Aber das war unbequem und sah lächerlich aus. Und so bin ich in unsere Straße zurückgegangen.

Wie ein Schnellgeher hastete ich über den Bürgersteig an unserem Haus vorbei. Die Vorhänge waren zu, nichts zu sehen. An der Straßenecke drehte ich mich um. Ich ging noch einmal vorbei, aber langsamer. Den dunklen Spalten zwischen den Vorhängen nach zu urteilen, waren die Lampen aus. Oben waren die Vorhänge offen und es brannte auch kein Licht. Jetzt stand ich genau vor dem Haus. Aber es schien niemand daheim zu sein.

Ich fühlte in meinen Hosentaschen. Mist. Mein Schlüssel und mein Handy waren in meiner Jacke, und die hing drinnen an der Garderobe. Was sollte ich tun? Am liebsten hätte ich mich ins Bett gelegt und an gar nichts gedacht. Vielleicht sollte ich klingeln und sehen, was passiert. Wenn Papa und Mama aufmachten, ließen sie mich bestimmt ins Haus.

Mit zitterndem Finger schellte ich. Was würden die beiden sagen, wenn sie mich sahen? Ich hatte über dich geredet. Und durch Lonnekes Schwatzhaftigkeit wusste meine Klasse jetzt Bescheid. Demnächst würden alle hier von dir wissen. Dann waren Papa und Mama wieder die Eltern von zwei Söhnen, von Juri *und* Stefan.

Ich stand da und wartete ich weiß nicht wie lange. Niemand öffnete mir. Ich drückte noch einmal extra fest auf die Klingel. Sie schien lauter zu werden, aber das war natürlich Unsinn. Waren Papa und Mama fort? Hatten sie mich auch weggetan, nachdem ich etwas Unerlaubtes gesagt hatte? Meine Augen fingen an zu brennen. Ich fühlte Tränen hochkommen und gab mir sehr viel Mühe, sie runterzuschlucken. Es würde die Sache wirklich nicht besser machen, wenn ich jetzt hier auf dem Bürgersteig auch noch zu flennen anfing. Ich drückte mir meine Fingernägel in die Hand. Das half. Der Schmerz lenkte ab. Mit dem Schuh trat und schubste ich Sand in den Garten. Dann entdeckte ich einen Zettel auf dem Boden. Ich hob ihn auf. An dem Klebeband war trockene Erde.

Juri,
wir sind mal kurz weg. Wir wussten nicht, wo du warst, und konnten nicht auf dich warten. Ich komme nachher nach Hause. Weil ich mir nicht sicher bin, ob du deinen Schlüssel dabei hast, lege ich ihn an die vereinbarte Stelle.
Viele Grüße
Papa

An den Schlüssel hatte ich nicht gedacht.

Ich ging hinten herum. Papa hatte das Tor offen gelassen. Ich rannte zur Mülltonne und hob sie hoch. Durch meine Bewegungen sprang die Außenlampe an. Da, auf dem nassen Fleck, den die Mülltonne auf der Bodenplatte gemacht hatte, lag der Schlüssel. Ich nahm ihn und wischte ihn an meiner Hose ab.

„Geht es?“, hörte ich hinter mir.

Mit einem Ruck drehte ich mich um.

Lonneke saß auf dem Rasen und hatte den Rücken gegen den Schuppen gelehnt. Eines ihrer Beine war angewinkelt, das andere ausgestreckt. Ich sah ihre Unterhose unter ihrem Röckchen und guckte weg. Vielleicht auch, weil ich überhaupt keine Lust hatte, mit ihr zu reden.

Sie kam auf mich zu. „Geht es?“, fragte sie noch einmal.

„Na ja“, sagte ich.

„Deine Eltern sind fort, nicht?“

„Die kommen wieder.“ Ich steckte den Schlüssel ins Schloss. „Was tust du hier?“

„Ich wollte mich entschuldigen“, sagte sie. „Für heute Nachmittag. Für das, was Denise gesagt hat. Ich hatte sie noch so gebeten, den Mund zu halten.“

„Das hast du jetzt also getan. Tschüss.“ Ich drehte den Schlüssel um und öffnete die Tür.

„Juri?“

„Was!?“ Ich war es leid. Ich wollte auf dem Bett liegen und an nichts mehr denken.

„Deine Mutter hat den Zettel nicht geschrieben.“

„Welchen Zettel?“

„Den in dem Schal. Oder hast du ihn nicht gefunden?“

Ich betrachtete Lonneke. Was war hier los? Meine Unterlippe zitterte.

„Ich habe ihn geschrieben“, sagte sie. Sie schluckte. „Du hasst mich ja doch, also kann ich es dir auch erzählen. Ich sah deine Mutter auf der Straße mit jemandem reden. Und die Haustür stand offen. Da bin ich heimlich hineingegangen. Ich habe das letzte Blatt aus meinem Freundschaftsbuch gerissen. Und den Zettel geschrieben.“ Lonneke ließ den Kopf hängen.

„Was! Warum?“

„Ich war böse auf dich.“ Sie schaute auf ihre Schuhe. „Warum darf ich dir nicht helfen, deinen Bruder zu finden?“ Tränen tropften auf die Fliesen. „Dein Bruder ist doch noch irgendwo!“

„Was, wenn meine Mutter es mitbekommen hätte?“

„Es war dumm von mir.“ Lonneke schaute mich mit großen Augen an. „Aber ich habe nicht nachgedacht, sondern es einfach getan. Eine Stimme im Kopf sagte: tu-es-tu-es-tu-es! Und dann habe ich es gemacht.“

Ich wusste nicht, was ich sagen sollte. Aber ich war erleichtert.

Lonneke guckte auf ihre Hände.

„Also, dann gehe ich mal“, sagte sie. „Ich kann verstehen, dass du nicht mehr mit mir befreundet sein willst.“

Sie drehte sich um und ging zu dem Köfferchen, das im Gras lag.

„Warum hast du mir nie etwas von Daniel gesagt?“, fragte ich.

Lonneke blieb stehen, mit dem Rücken zu mir.

„Ach“, sagte sie leise, „das interessiert doch keinen. Erst haben sie mich bedauert, aber danach durfte ich nicht mehr über ihn reden. Dann seufzten sie nur noch, wenn ich seinen Namen nannte. Oder sie sagten: Du darfst nicht in der Vergangenheit hängen bleiben.“ Sie schaute mich an. „Das hat die Lehrerin von meiner vorherigen Schule gesagt.“

„Bist du denn auch umgezogen?“, fragte ich.

„Ja“, sagte Lonneke und guckte dabei, als hätte ich das

längst wissen müssen. Ihre Stimme klang anders, so als hätte sie einen Kratzer. „Als Daniel starb, haben sich meine Eltern immer mehr gestritten. Ich bin mit meiner Mutter irgendwo anders hingezogen. Um noch einmal frisch zu starten, sagte meine Mutter. Aber meiner Meinung nach wollte sie keinen frischen Start, sondern nur irgendwo wohnen, wo die Leute nicht dachten: Das ist die Frau mit dem toten Kind. Meine Mutter wollte, dass sie dachten: Das ist die Frau mit der netten Tochter."

Eine Zeit lang war es still.

„Du bist doch überhaupt nicht so nett", sagte ich vorsichtig. Zum Glück musste sie lachen.

„Wie alt war Daniel?", fragte ich. „Ich meine, als er starb."

„Drei", sagte Lonneke. „Fast vier."

„Und wie alt warst du?"

„Sieben."

„Also schon eine Weile her", sagte ich.

„Dadurch wird es aber echt nicht weniger", schnauzte Lonneke. „Es tut nicht weniger weh, nur weil es lange her ist!"

„Ich weiß", sagte ich. „Ich meinte es nicht gemein."

Dann hielt ich den Mund, denn ich wollte sie nicht weiter aus der Fassung bringen.

Plötzlich bekam sie Funkelaugen.

„Willst du etwas sehen?", fragte sie.

„Okay", sagte ich, „aber nur, wenn es nicht wieder deine Unterhose ist."

Lonneke warf mir einen erstaunten Blick zu. Dann setzte sie sich ins Gras und nahm ihr Köfferchen.

„Kommst du mal?"

Ich setzte mich ihr gegenüber. Lonneke legte beide Daumen auf die eisernen Kreise der Schlösser und schob sie beiseite. Klickend sprangen die Verschlüsse hoch. Sie öffnete den Koffer und wühlte etwas in den Sachen.

„Das hier ist Toddy", sagte sie.

In der Hand hielt sie ein Schmusegespenst: einen dunkelblauen Stofflappen mit einem runden Kopf und einem roten Gummiring als Hals. Auf den Kopf waren zwei Augen, eine Nase und ein Mund gemalt.

„Er war Daniels Lieblingsspielzeug", sagte Lonneke.

Sie streichelte mit dem Daumen über Toddys Gesicht.

„Ich habe ihn gemacht", sagte sie stolz. „Magst du ihn halten?"

„Okay", sagte ich.

Sie streckte ihre Arme aus. Sie hielt Toddy noch kurz fest, als er schon in meinen Händen lag. Bestimmt hatte sie Angst, ich würde ihn ins Gras fallen lassen.

„Er ist ein bisschen dreckig", sagte Lonneke. „Aber ich kann ihn nicht waschen. Dann ist sein Gesicht weg und er ist wieder ein Stück Stoff mit einem Wattebausch drin."

„Dann würde er auch nicht mehr nach Daniel riechen", sagte ich.

Lonneke guckte schnell auf ihren Koffer und fummelte an dessen Rand herum.

Nach einer Weile sagte sie: „Gib Toddy wieder her, sonst wird ihm noch kalt."

Ich gab ihn zurück. Sie legte ihn in ihr Köfferchen und klickte die Schlösser zu.

„Hat Stefan etwas von dir?", fragte Lonneke.

„Er ist zu alt für einen Toddy“, sagte ich.

„Vielleicht sonst irgendwas?“, fragte sie.

„Keine Ahnung“, sagte ich. Ich dachte tief nach. „Ich kann es wirklich nicht sagen.“

„Ich bin froh, dass du das von Daniel weißt.“

Irgendwie war ich stolz, dass Lonneke mir von ihm erzählt hatte.

„Ich bin froh, dass du das von Stefan weißt“, sagte ich.

Es war still.

Wir schauten uns an und blieben eine Weile sitzen. Die Außenlampe ging aus. Lonneke dachte an Daniel, das wusste ich sicher. Und ich dachte an dich.

Im Dunkeln waren wir zu viert.

Juri

Freitag, 24. September

Hallo Stefan,

Mama ist weg. Sie ist bei Oma Bos und weiß nicht, wann sie wiederkommt. Als Papa gestern Abend nach Hause kam, sagte er, Mama bräuchte Zeit zum Nachdenken. Sie will nicht, dass wir anrufen.

Heute früh ist Papa ganz normal zur Arbeit gegangen und ich musste länger in der Schule bleiben. Es hat sich angefühlt wie Nachsitzen. Als ob es meine Schuld wäre, dass Mama fort ist.

Abends aßen Papa und ich vor dem Fernseher. Durch das fröhliche Geplärre war es jedenfalls nicht still. Papa sagte, alles würde wieder gut. Aber das Essen blieb mir im Hals stecken. Und mein Bauch war voll, obwohl nichts darin war.

Viele Grüße,
Juri

Samstag, 25. September

Hallo Stefan,

noch immer nichts gehört von Mama.

Papa ist zu Hause und telefoniert in ~~seinem Arbeitszimmer~~ deinem Zimmer.

Ich bin unten und warte darauf, dass Mama mit ihren Koffern auf dem Gartenweg erscheint. Einmal habe ich gemeint, sie zu sehen. Aber es war nur der Verteiler der Reklamezettel. Es gibt Wäscheständer im Angebot. Fünfundzwanzig Prozent Rabatt auf alle Arten. Wenn Papa auch weggeht, bin ich allein. Das wird doch nicht passieren?

Tschüss,
Juri

Sonntag, 26. September

Hallo Stefan,

ob Mama heute mit Oma Bos zur Kirche geht?

Tschau,
Juri

Dienstag, 28. September

Stefan, diesen Brief habe ich gerade von Mama bekommen:

Lieber, lieber Juri,

Es ist fehlgeschlagen. Danebengegangen. So schrecklich daneben. Die Welt stand in Flammen. Ich bin mit dir davongeflogen. Ich habe dich sicher unter meinen Flügeln geborgen, weit weg von dem Feuer. Aber es ist nicht erloschen. Es hat mich wiedergefunden. Und dich. Und Papa.
Ich habe versucht, alles richtig zu machen. Für dich. Nur für dich.

Ich weiß es nicht mehr.

Ich habe alles gegeben. Aber es war nicht genug. Und mehr habe ich nicht.

Oma Bos bringt mir immer Tee und sagt, in ein paar Wochen würde alles schon wieder ganz anders aussehen. Aber das glaube ich nicht. Ich kann nicht mehr zurück. Ich schaue aus dem Fenster und sehe eine Straße voller Leute, die mit Fingern auf mich zeigen. Sie sagen, ich hätte mein Kind schlecht erzogen. Ich bekomme die Schuld an dem, was er getan hat. Aber er war nicht zu bändigen. Ich habe es nie gewollt.

Ich habe dich beschützt. Abgeschirmt gegen alles, was dir Böses zufügen konnte. Immer. Mit Stefan mag es falsch gelaufen sein, aber mit dir sollte es gut gehen. Dafür würde ich persönlich sorgen. Auch jetzt. Gerade jetzt. Ich habe dich an mich gezogen und bin mit dir an einen unbeschriebenen Ort geflüchtet, wo uns keiner kannte. Ein neues, sicheres Haus.

Aber Augen sind aufgesperrt, Ohren gespitzt, und Münder reden, reden, reden.

Ich bin müde.

Was sagt man einem Kind? Am liebsten würde ich dir gar nichts sagen. Am liebsten hätte ich, du würdest für immer neben mir sitzen. Sicher daheim auf der Couch mit einer Decke auf dem Schoß und einem Glas warmer Milch in der Hand. Aneinandergeschmiegt. Du für immer bei mir. Aber so etwas geht nicht. Das ist nicht normal.

Es liegt auf der Straße. Alle wissen alles.

Was weißt du?
Mein Sohn, mein schöner, schöner Sohn.

Eine Gruppe Jungs hatte eine Gehwegplatte aus dem Bürgersteig losgestemmt. Die Jungs haben die Platte auf dem Fahrradgepäckträger zur nächsten Straßenüberführung mitgenommen. Da hat einer von ihnen das Ding über die Straße gehalten und gewartet, bis ein Auto vorbeikam. Der Junge hat die Platte fallen lassen. Sie flog durch die Frontscheibe des Autos. Am Steuer saß eine Frau. Vorne neben der Frau saß ihr kleiner Sohn in einem Kindersitz. Der Kleine hieß Jelle und war anderthalb. Die Platte traf Jelle voll ins Gesicht. Er war auf der Stelle tot, und niemand konnte mehr etwas daran ändern. Auch nicht die Leute vom Rettungsdienst, die schnell zu Hilfe kamen.

Die Jungs oben auf der Brücke sind davongerannt, nach Hause. Da haben sie so getan, als wäre nichts geschehen. Sie haben ihre Eltern geküsst und mit ihren kleinen Geschwistern gespielt. Sie haben etwas getrunken, einen Keks gegessen und sind müde vom Tag ins Bett gegangen. Wie eiskalt muss man sein, um so etwas fertigzubringen?

Die Leute von der Polizei haben die Jungs noch am selben Abend abgeholt. Jemand hatte gesehen, wie sie die Gehwegplatte mitnahmen.

Du lagst im Bett und hast wie ein kleines Murmeltier geschlafen.

Der Junge, der die Platte hat fallen lassen, war Stefan. Dein Bruder hat einen anderthalbjährigen kleinen Jungen getötet.

So. Jetzt weißt du es. Jetzt weißt du, was ich vor dir zu verstecken versucht habe. Und wenn du es doch erfährst, dann von mir. Besser so, als eine unwahre Version, oder eine dick aufgetragene, oder eine lächerliche, oder eine mit erhobenem Zeigefinger, oder eine, die so leise ist, dass man sie kaum hört, oder eine an einem Geburtstag in einer Ecke, oder eine im Supermarkt, oder eine auf dem Schulhof, oder eine in den Ferien, oder eine von den anderen Versionen, die man dir in deinem Leben noch erzählen wird.

Verzeih mir, Juri, dass es so gelaufen ist.
Du hast alles richtig gemacht.
Das hier hätte ich keinem gewünscht. Keinem.

Alles Liebe der ganzen Welt,
Mama

Nein. Nein. Nein. Das hier kann nicht wahr sein. Es kann nicht sein, Stefan. Du hast das nicht getan. Du tust so etwas nicht. Nicht du. Nicht mein Bruder. Mama muss gelogen haben. Sie will dich anschwärzen. Aber … ich bin zu Papa gerannt. Und er … er sagt es auch. Du müsstest hier sein und sehen, was das mit ihm gemacht hat. Ob es stimmte, dass du … Ich kann es nicht mal aufschreiben. Ich kann nicht mal aufschreiben, was du getan hast. Papa hat geweint. Hohe Töne wie ein Hund. Ein jaulender Papa. Und das siehst du nicht! Das sehe nur ich allein! Es stimmt. Du hast … Findest du es verrückt, dass du weg musstest? Das hier geht nicht.

Du bist zu weit gegangen. Niemand tut so etwas. Wie oft habe ich dir gesagt, du sollst nachdenken! Er ist ungestüm, er kann nichts dafür. Das habe ich so oft zu Leuten gesagt. Aber dann das. Vielleicht haben alle recht. Kennen dich besser als ich. Habe ich nicht gut hingeschaut. Wie konntest du das tun, Stefan! Ich muss mich übergeben, ich fühle es. Mir ist so übel. Du konntest immer zu mir kommen. Die Augen schließen und ruhig durchatmen. Wir haben es so oft geübt. Ich kann doch nicht immer mit dir mit, verdammt! Du musst dir auch selbst Mühe geben! Ich weiß nicht mehr, wer du bist. Du müsstest mein Bruder sein, aber mein Bruder tut so etwas nicht. Dieser kleine Junge … Tante Fien hatte recht. Ich hätte auf sie hören und nicht weitersuchen sollen. Nein. Jetzt musst du selbst zusehen. Ich will hiermit nichts zu tun haben. Ich werde dir nicht mehr schreiben. Nichts. Es ist zu Ende. Aus. Vorbei. Ich brauche dich nicht mehr zu finden. Bleib einfach, wo du bist. Ich …

Ich kann nicht mehr dein Bruder sein, Stefan. Ich … Nein. Ich will es nicht mehr. Ich kann es nicht mehr. Ich kann nicht mehr dein Bruder sein.

Juri

DREI
SEPTEMBER,
EIN JAHR SPÄTER

Mittwoch, 28. September

Lieber Stefan,

ein Jahr. Genau ein Jahr. So lange ist es her, dass ich dir zum letzten Mal geschrieben habe. 365 Tage. 8 760 Stunden. 525 600 Minuten. Wie viele Sekunden das sind, rechne ich jetzt nicht aus.

Ich freue mich, dass du immer noch weiterliest. Hast du erst alle Briefe vor diesem gelesen?
(Bist du mir sehr böse?)

Es ist 04:27 Uhr. Ich sitze noch immer im Schlafanzug hinter meinem Schreibtisch. Zum soundsovielten Mal. Ich mache mich selbst verrückt. Ich will dir schreiben und ich will es nicht. Aber du musst wissen, was passiert ist. Es hat etwas gedauert, bis ich mir überlegt hatte, wie ich es dir erzählen könnte. Meiner Meinung nach am besten so:

Wir leben in einer Wohnung, Papa und ich. Ganz im obersten Stockwerk. Mama wohnt woanders, nah bei Oma Bos. Mama fand es schwierig, wieder bei uns zu sein. Sie hat es zwar versucht, aber es ging nicht. „Zu viele Erinnerungen", hat sie immer gesagt, und dass sie sich eingesperrt vorkäme. Jetzt hat sie ein eigenes Zuhause, oder na ja, ein eigenes Zimmer in einem Haus mit anderen Leuten. Aber groß ist es da schon. Und hell. Und sie hat zwei witzige Katzen, die zu einem auf den Schoß kommen und da einschlafen, das heißt, sie ist nicht allein.

Stefan, ein Jahr lang habe ich mir Mühe gegeben, dich zu vergessen. Wirklich eine Stinkmühe. Ich habe alle meine Briefe und Stefansachen in eine Tüte gepackt und in die Mülltonne geworfen. An dem Tag, als die Müllabfuhr kam, hatte ich Bauchweh, aber als die Tonne leer war, war ich erleichtert. Du warst weg. Wenn ich dann doch noch an dich dachte, zwickte ich mich selbst fest in den Arm. Zur Strafe. Und zu einem Jungen aus der Schule, dessen Vater Stefan heißt, habe ich gesagt, er solle Leine ziehen. Für Stefans verboten! Wenn es ein T-Shirt mit diesem Text drauf gäbe, hätte ich es bestimmt gekauft und nie wieder ausgezogen.

Ein ganzes Jahr lang habe ich versucht, dich zu vergessen. Und es geht nicht.

Dass ich dir jetzt schreibe, kommt auch durch die alten Briefe. Davor habe ich auch manchmal daran gedacht, dir zu schreiben (das hieß: Zwick!), aber was hätte ich schreiben sollen? (Zwick!) Sollte ich dir alles erzählen? (Zwick!) Oder nur ein bisschen? (Zwick!) Und wohin sollten die Briefe? (Zwick, zwick, zwick!)

Alles, was ich damals geschrieben habe, war mein Ernst. Ich will, dass du das weißt. Es wäre einfacher zu schreiben, ich hätte das alles nicht wirklich so gemeint, oder die Briefe überhaupt nicht zu verschicken. Aber dann wäre ich nicht ehrlich.

Gestern ist etwas Besonderes passiert. Papa und ich saßen beim Abendessen: Makkaroni. (Nicht lecker. Papa kann nicht so gut kochen wie Mama. Alles kommt aus der Tüte und schmeckt nach Fabrik.) Dass ich dir vor einem Jahr geschrieben habe, ich wollte nicht mehr dein Bruder sein, ging mir ständig durch den Kopf. Ein Jahr, ein Jahr, ein Jahr!, hämmerte es in mir. Ich hatte mich schon so oft gezwickt, dass ich den Arm wechseln musste. Ich wollte dich vergessen, aber meinen Arm deswegen absterben zu lassen, hielt ich wiederum auch nicht für nötig. Dann erzähle ich Papa halt etwas von meinem Schultag, dachte ich. Das würde die Stefangedanken wohl stoppen. Ich öffne den Mund und heraus schießt mir ein merkwürdig hoher Kiekser! Ich verstummte auf der Stelle. Papa hob den Kopf. Wir schauten uns an. Und dann mussten wir beide laut lachen.

„Du kommst in den Stimmbruch!", sagte Papa. Dann verdüsterte sich seine Miene und er sagte nichts mehr.

Ich wusste sofort warum. Du wahrscheinlich auch. Denn wir hatten schon einmal laut über einen Jungen im Stimmbruch gelacht. Und dieser Junge war nicht ich.

„Du klingst genauso wie ..." Papa nannte deinen Namen nicht.

Was sollte ich tun? Papa zwicken?

„Ich weiß es noch", sagte ich. „Stefan musste selbst immer am lautesten lachen."

Papa schaute auf seinen Teller Makkaroni. Seine Augen schossen hin und her. Er schien tief nachzudenken. Gerade als ich fragen wollte, ob alles in Ordnung war, stand er vom Tisch auf und ging aus dem Zimmer. Es war ihm sicher zu viel.

Aber er kam zurück. Mit einem Karton in den Händen.

Er setzte sich wieder an den Tisch. „Ich weiß nicht, ob

du sie haben willst", sagte er, „aber jetzt weißt du, dass sie da sind."

„Was?", fragte ich. Papa antwortete nicht, sondern schob mir den Karton hin.

Ich stellte meinen Teller beiseite (eine gute Ausrede, um nicht weiterzuessen) und zog den Karton zu mir heran. Dann hob ich den Deckel ab. Fünkchen knisterten in meinem Kopf. Ich erkannte es sofort an den Umschlägen: Das hier waren meine Briefe an dich. „Wie kommst du zu denen?", fragte ich und blätterte durch den Stapel.

„Ich habe sie irgendwann in der Mülltonne gefunden", sagte Papa. „Du warst damals sehr böse. Meiner Meinung nach war es der Tag, an dem du ein Loch in deine Zimmertür getreten hast. Erinnerst du dich? Als ich abends etwas wegwerfen wollte, sah ich die Briefe aus einem Müllbeutel lugen. Ich habe sie herausgefischt und für dich aufgehoben. Ich dachte, es würde dir irgendwann leidtun."

Ich spürte, wie meine Wangen glühten.

„Freust du dich darüber?", fragte er vorsichtig.

Ich wollte nicht darüber nachdenken. Ich hatte bei Tisch schon zehn Mal an dich gedacht und musste mich noch entsprechend oft zwicken, wenn Papa gerade mal nicht zu mir hinsah. Wie sollte ich mich denn über Briefe freuen, die ich weinend weggeworfen hatte? Wie mich über einen Bruder freuen, dessen Bruder ich nicht mehr sein wollte?

Und trotzdem war ich froh. Niemand in der Welt konnte dieses Gefühl wegkneifen.

Aber ich würde es nicht laut sagen. Also sagte ich nur: „Ich weiß nicht. Aber danke fürs Aufheben. Willst du noch, dass ich die Makkaroni aufesse?"

Papa lachte vorsichtig. „Wenn du sie genauso eklig findest wie ich", sagte er, „dann darfst du sie stehen lassen."

Nach dem Essen bin ich in mein Zimmer gegangen und habe auf dem Bett sitzend die Briefe durchgeschaut. Ich kam mit dem Zwicken ohnehin schon nicht mehr hinterher. Ich dachte die ganze Zeit an dich. Und das war nicht meine Schuld!

Alle Briefe außer einem steckten in einem zugeklebten Umschlag. Auf den meisten stand nur: An Stefan Sterk. Wie hätten die dich je erreichen sollen? Unter den Briefen lag ein Stück Papier, auf dem stand:

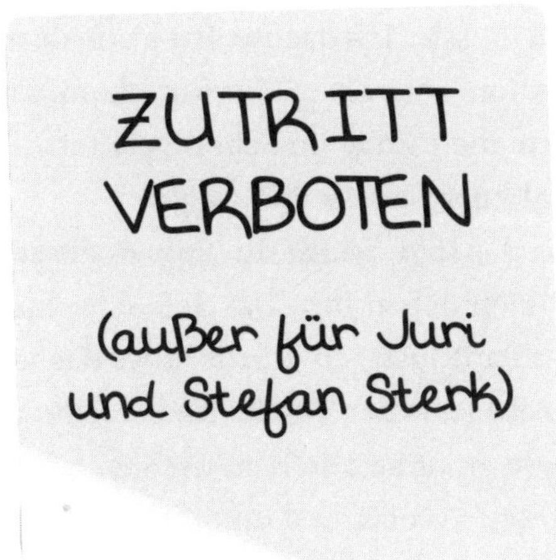

Erst als ich die Briefe zu lesen begann, fiel mir wieder ein, dass ich dieses Stück Papier auf die Hütte aus Umzugskartons geklebt hatte. Weiter war in dem Karton ein Donald-Duck-Strip, den ich gezeichnet hatte. (Sehr krakelig. Dafür hätte ich im Zeichnen sicher eine Fünf bekommen.) Auch ein altes Geburtstagsgeschenk für dich lag noch zwischen den Sachen. (Mach es ruhig auf. Ich weiß nur nicht, ob es noch gut ist.)

Und ich fand den Stein. Auch den schicke ich dir. Du darfst ihn haben.

Unten drin waren Kopien, das Namensschild und Fotos. Fotos, auf denen du standst. Die habe ich an die Ecke meines Schreibtischs gelegt. Erst umgekehrt. Und danach doch mit dir nach oben. Das hatte ich mir eigentlich selbst verboten. Aber dieser Tag war sowieso schon ein Stefantag geworden.

Gegen acht Uhr rief Papa, ob ich runterkommen wollte. Ich arbeitete gerade fleißig an einem Bild für die Schule, das fertig werden musste. Ich dachte, Papa würde mich zum Tee mit Keksen rufen, aber als ich herunterkam, saß er auf dem Sofa und hatte die Hände im Schoß gefaltet.

„Komm mal kurz her, Junge", sagte er.

Wenn Papa das sagt, weißt du, dass es ernst wird.

Ich setzte mich neben ihn. Das Sofaleder knarrte. Ich erwartete, dass Papa loslegen würde, aber das tat er nicht. Er holte einen Zettel aus der Tasche und steckte ihn mir zu.

„Bitte", sagte er, ohne mich anzusehen.

„Danke schön." Wofür bedankte ich mich eigentlich? Ich zog den Zettel zwischen seinen Fingern hervor.

Das Papier war warm.

„Kann ich ihn …?", fragte ich.

„Nur zu", sagte Papa, noch immer ohne mich anzuschauen. „Lies nur", meinte er nickend.

Vorsichtig faltete ich den Zettel auseinander. Darauf stand eine Adresse.

„Dahin kannst du deine Briefe schicken", sagte Papa.

Ich spürte, dass ich rot wurde.

„Wie kommst du dazu?“, fragte ich.

„Das ist die Anstalt, in der Stefan ist“, sagte Papa.

Deine Adresse. Ich hielt deine Adresse in der Hand!

„Juri“, sagte Papa, „ich muss dir was sagen. Ich bin nicht ganz ehrlich zu dir gewesen. Ich habe schon öfter daran gedacht, mit dir zu reden. Und seit Mama weg ist und wir hier wohnen … Ich wollte wohl auf den richtigen Moment warten, und meiner Meinung nach ist er jetzt gekommen.“

Papa schaute mich mit so treuen Hundeaugen an. Ich wurde giftig. Erst sagen: Ich bin nicht ganz ehrlich dir gegenüber gewesen, und einen dann so anschauen. Und ich soll dann sicher sagen: „Erzähl nur, Papi. Dein lieber Sohn versteht alles.“ Von wegen, dachte ich.

„Also sag schon!“, raunzte ich ihn an.

„Ich habe nie gewollt, dass du Stefan nicht mehr sehen solltest“, sagte er ruhig.

„Ach. Na, ich bin ganz und gar fertig mit ihm, das heißt, es ist mir inzwischen egal.“ (Das stimmte zwar nicht mehr ganz, aber doch … es steht in einem Brief mit meinem Namen darunter.)

„Deine Mutter weiß es nicht und du auch nicht …, aber ich habe Stefan einige Male besucht.“

„Du hast Stefan gesehen?“ Dieser fiese Lügner!

„Ein paar Mal. Drei Mal oder so. Aber doch …“

„Ach“, sagte ich wieder. „Also du lügst auch. Erst Mama, was die Fotos angeht. Und jetzt du.“

„Fotos? Was meinst du?“

„Dass Mama Fotos von Stefan in ihrem Nachtschrank aufbewahrt hat. Und unser altes Namensschild. Das meine ich.“

„Ach“, stammelte Papa. „Das wusste ich nicht.“

„Nein. Das wusste nur ich. Aber … War es das? Ich muss noch Hausaufgaben machen.“

Ich wollte vom Sofa aufstehen.

„Stopp, Juri“, sagte Papa. „Würdest du mir bitte zuhören? Danach darfst du gehen.“

„Ich bestimme selbst, wann ich gehe“, sagte ich. Aber ich war auch neugierig auf das, was er zu erzählen hatte. Das hasse ich an mir. „Also erzähl“, sagte ich. „Aber wenn es mir nicht gefällt, bin ich weg.“

Und dann kam die ganze Geschichte heraus.

Papa erzählte von dem Abend, als du von der Polizei abgeholt wurdest. Und darüber, wie verwirrt er und Mama danach waren. Und blieben. Und dass sie nicht wussten, was sie tun sollten. Und wie sich ihr Leben mit einem Schlag veränderte.

„Du machst dir keine Vorstellung, wie die Leute reagieren“, sagte Papa. „Es gab welche, die wir schon zwanzig Jahr kannten und die auf der Straße den Kopf von uns wegdrehten.“ Papa runzelte die Stirn. „Die uns nicht mehr grüßen wollten wegen dem, was Stefan getan hatte. Und das Telefon hörte nicht mehr auf zu klingeln. Wir wurden von Journalisten von der Zeitung angerufen, von Eltern aus der Schule beschimpft und von neugierigen Menschen ausgehorcht, die wir kaum kannten. Wir mussten den Telefonstecker rausziehen, um Ruhe zu haben.“

Ich lauschte mit offenem Mund. War das alles passiert, als ich bei Oma Bos wohnte?

„Niemand konnte Stefan unabhängig von dem sehen, was er getan hatte“, sagte Papa. „Seine Tat war größer als er selbst. Einen Jungen aus der Nachbarschaft oder einen Klassenkameraden sah in Stefan niemand mehr. Und wir ..." Papa schluckte und schaute auf seine Hände. „Auch uns fiel es schwer, Stefan noch so zu sehen wie früher. Er war jemand geworden, der ein Kind getötet hatte." Papa schaute durchs Fenster in die Dämmerung hinaus. „Unser Sohn ... ein Mörder." Papa bekam die letzten Worte fast nicht über die Lippen. Und ich bekam sie kaum in meine Ohren. Ich wollte es nicht hören. Ich will so nicht an dich denken.

Papa rieb sich fest übers Gesicht. „Als deine Mutter eines Morgens nach unten kam und die Jalousien hochzog, sah sie schwarze Schlieren auf dem Fenster. Sie ist im Morgenmantel nach draußen gerannt. Und da stand es, in großen Buchstaben auf die Fassade gespritzt: MÖRDER." Papa schaute mich an. „Da wussten wir, dass wir nicht länger dort wohnen bleiben konnten." Papa lächelte matt und legte seine Hand auf meinen Hinterkopf. „Du warst immer so auf Stefan ausgerichtet", sagte er. „Wo Stefan war, warst du." Papa verzog sein Gesicht zu einer Grimasse. „Das war auch unsere Schuld. Ich höre mich noch zu dir sagen: ‚Und gut auf deinen Bruder achtgeben, ja?' Wir haben dich auch für ihn verantwortlich gemacht. Das war nicht gut."

Papa hielt kurz inne. Dann sagte er: „Deine Mutter wollte dich beschützen. Du würdest daran zugrunde gehen, wiederholte sie immer wieder. Du würdest vor die Hunde gehen, wenn du dahinterkämst, was dein Bruder getan hat."

Ich traute meinen Ohren kaum.

„Deine Mutter war nicht von dem Gedanken abzubringen", sagte Papa, bevor ich etwas sagen konnte. „Und glaub mir, ich habe es versucht. Aber deine Mutter war sich sicher: Du durftest und solltest nichts davon wissen. Und obwohl ich nicht damit einverstanden war, wusste ich auch, dass es dir nicht besser gehen würde, wenn du hörtest, was Stefan getan hat." Papa legte seine Stirn an meine und seine Hand in meinen Nacken, sodass ich nicht wegkonnte. Er flüsterte: „Ich wusste damals nicht, wie ich es dir sagen sollte." Er kniff mich in den Nacken. „Deine Mutter wollte dir die schmerzliche Wahrheit ersparen … Und das wollte ich auch."

„Das geht doch nicht", sagte ich. Ich schob Papa von mir weg und setzte mich ein Stück weiter. „Man kann so etwas doch nicht für sich behalten! Man kann doch nicht so tun, als wäre es nie geschehen!"

„Deine Mutter wollte dich schonen. Ich habe dem Geheimnis zugestimmt. Deinetwegen."

„Ist ja schön einfach", sagte ich. „Ich darf Stefan nicht sehen, und selbst bist du so schwach, dass du doch hinfährst. Ist ja schön einfach!"

Ich stand auf.

„Nein." Papa schüttelte den Kopf. „Es war nicht einfach, das darfst du nicht denken. Ich habe mich immer schuldig gefühlt. Dir gegenüber, Stefan gegenüber. Es war falsch, aber es war das Beste, wozu ich damals imstande war." Papa presste die Hände vors Gesicht. Sein Körper zuckte. Er weinte geräuschlos. Oder lachte geräuschlos. Bei ihm weiß man nie.

„Glaub nur nicht, du würdest mir leid tun", sagte ich.

Ich wollte nach oben gehen. Ich war schon an der Tür, als mir plötzlich etwas einfiel. Ich drehte mich um.

„Hat Stefan nach mir gefragt?", fragte ich. „Hat er schon mal gefragt, warum ich nicht mitgekommen war?"

„Ja", sagte Papa leise und sah mich mit verweinten Augen an.

„Und was hast du gesagt?"

Papa wischte sich die Tränen mit dem Ärmel weg. „Dasselbe, was ich dir auch gesagt habe: dass es besser sei, wenn ihr euch nicht mehr seht."

„Ja klar", sagte ich. „Das ist eure Lösung für alles."

Ich habe mich aufs Bett gelegt. Und da habe ich geheult, bis mein Kissen nass und voll Rotz war. Diese Lügner. Sie wissen immer alles so gut, aber währenddessen machen sie selbst genau das, was sie mir verbieten.

Aber dann musste ich an das denken, was ich dir vor einem Jahr geschrieben hatte: Ich wollte nicht mehr dein Bruder sein. So sah meine Lösung aus: vergessen und verstecken. Genau das, was auch Papa und Mama getan hatten. Bin ich eigentlich genau wie sie?

In meiner Hosentasche brannte deine Adresse. Ich wollte dir schreiben. Aber ich durfte nicht, das hatte ich mit mir selbst vereinbart. Aber vielleicht hatte ich vor einem Jahr ja eine falsche Entscheidung getroffen.

Gut. Ich durfte dir nicht schreiben, aber wenn ich es täte (was ich wie gesagt nicht tun würde), wie könnte ich dann aufschreiben, was alles passiert ist? Und wo sollte ich anfangen?

Ich dachte darüber nach, bis es zu spät war. Als ich auf die Uhr schaute, war es schon nach zwölf Uhr. Am nächsten Morgen musste ich wieder früh raus. Und mein Bild war auch noch nicht fertig.

Ich kroch unter die Decke und stellte den Wecker auf sieben Uhr, dann könnte ich am Morgen noch zwei Stunden an dem Bild arbeiten. Ich ließ den Kopf aufs Kissen fallen und kniff die Augen zu.

Ich konnte nicht schlafen.

Ich musste dir schreiben. Aber wie?

Und auf einmal wusste ich es: Ich würde dir meine alten Briefe schicken. Dann würde ich nichts schöner machen, als es gewesen war. Dann würde ich nichts weglassen oder vergessen. Dann wäre es echt, keine Lüge. Und zu dem Paket mit alten Briefen würde ich einen neuen tun, einen langen. Und zwar den hier. Nachdem ich einmal damit angefangen hatte, konnte ich nicht mehr aufhören.

Ich freue mich, dass du bis hierher gekommen bist. Das bedeutet, dass du alles gelesen hast. Ich hoffe, ich höre bald etwas von dir, aber ich könnte es auch verstehen, wenn du nichts mehr mit mir zu tun haben willst.

Ich warte.

Juri

PS Lonneke spreche ich ab und zu noch mal. Oder eigentlich: Wir schreiben uns. In Lonnekes letztem Brief standen schöne Neuigkeiten. Lonneke hat einen kleinen Bruder! Ihre Mutter hatte sich wieder verliebt, und vor ein paar Wochen wurde Tom geboren. Lonneke schrieb: Man nennt ihn meinen kleinen Halbbruder, das heißt, jetzt liebe ich ihn einfach doppelt so sehr.

VIER
ENDE SEPTEMBER

Juri,

ich schreibe einen Brief an meinen Bruder. Ich bin froh. Ich will schneller schreiben, aber das kann meine Hand nicht. Es tut weh, und es ist unordentlich. Ich will dich umarmen. Du bist ein Held. Ich bin so froh, dass du mich gesucht und dass du mich gefunden hast. Ich sitze hier zwischen dicke Mauern gesteckt, und drum herum stehen Zäune mit Stacheldraht bis obenhin. Sie haben Angst, dass wir weglaufen, aber wer würde das nicht wollen in dieser Zellenhölle. Weiße Wände und Stahlstangen und -knöpfe. Und wenn es fröhlich sein soll, ist es orange. Aber darauf falle ich nicht herein. Eine orange Mauer ist nicht fröhlich. Sondern eine weiße Mauer mit oranger Farbe drauf. Du kannst hier nicht weit sehen, nicht weit von dir weg. Immer ist was dazwischen. Gitternetze in den Fenstern oder Gitterstäbe vor dem Himmel. Nur wenn man ganz nah mit dem Gesicht an den Gitterstäben steht, sieht man sie nicht. Aber dann fühlt man sie.

Ich freue mich über das Geschenk. Die Schokolade war außen etwas weiß, aber mit Spucke wurde sie wieder normal. Ich habe sie aufgegessen, denn ich hatte sie von dir. Kann nicht schlecht für den Bauch sein, oder? Der Strip von Donald Duck hängt an der Pinnwand. Auch der Zettel von der Hütte. Jetzt ist es hier genau wie früher. Der Stein liegt auf meinem Schreibtisch. Du darfst ihn haben. Ich weiß nicht, was ich damit soll. Ich schicke ihn dir mit dem Brief zurück. Du hast gut über dein Leben geschrieben. Manchmal war es auch schwierig. Diese Lonneke ist bekloppt. Warum schreibt sie noch immer? Will sie Sex mit dir oder was? Es ist Nachmittag und ich sitze in meinem Zimmer. Die Tür ist abgeschlossen. Das ist hier normal. Es ist nicht schlimm. Ich kann ja doch nirgendwohin. Es ist meine eigene

Schuld. Das ist so. Ich hätte mehr Sachen nicht tun sollen. Aber ich bin so ungestüm und dann kommt Gewitter in meinen Kopf. Das sagt Mentor Hans. Ich will dich sehen. Ich weiß noch, wie ich hier ankam. Ich musste mich ganz ausziehen. Ich stand nackt da und zitterte. Sie haben mir in den Mund und unter die Arme geschaut. Sie nennen das Visitation, aber es ist hauptsächlich kalt. Sie kommen schnell und holen mich wieder ab. Das dachte ich die ganze Zeit, es war wie ein Schnellzug durch meinen Kopf. Aber keiner kam. Papa nicht, Mama nicht und du auch nicht. Ich durfte nicht meine eigenen Sachen anziehen. Nur die großen, blauen Anzüge von hier. Jetzt habe ich zwar eigene Sachen an. Aber nicht mehr die von damals. In meinem Zimmer steht ein Schreibtisch. An dem schreibe ich. Es gibt auch ein Bett. Und einen Kleiderschrank. Ein Klo gibt es auch, aber das hat keine Tür, also versuche ich nur zu pinkeln. Ich habe hier viel geweint. So, jetzt weißt du es. Das ist nicht schlimm. Wenn du allein in deinem Zimmer sitzt und durch die Gitter in die Sonne schaust, die hinter der Mauer versinkt, dann kommen die Tränen von selbst. Dafür brauchst du nichts weiter zu tun. Aber es ist meine eigene Schuld. Das mit der Steinplatte war schlimm genug. Ich verstehe gut, dass du und Mama mich deswegen nicht mehr sehen wollt. Ich will mich selbst auch nicht mehr sehen. Hier gibt es fast keine Spiegel. Vielleicht ja deshalb. Du hast gut über dein Leben geschrieben. Mama lügt. Sie ist wohl zu Besuch gewesen. Aber erst später und allein und heimlich. Sie kam nur ein Mal und danach nie mehr. Sie sagte, sie wollte sehen, was hinter meinen Augen wäre. Sie schaute mich lange an und streichelte meine Wange. Dann drehte sie sich weg und ging. Als Letztes sah ich den unteren Teil von Mamas Mantel an der Tür. Klapp. Aber Papa kommt. Das ist schön. Aber er kommt nur ab und zu. Vielleicht kann ich irgendwann mal bei euch vorbeikommen. Ich muss jetzt lernen. Aber Hans hat mir erlaubt, an dem Brief zu arbeiten. Er ist auch froh. Er sagt: Das ist positiv. Jeden Morgen muss ich um halb acht aus dem Bett. Das muss ich immer, außer am Wochenende. Dann brauche ich erst um halb neun. Ich *muss* duschen. Dann gehe ich mit allen frühstücken. Und danach Dienst. Dann Unterricht. Dann treiben wir Sport und so. Dann Mittagessen und wieder Dienst. Und dann Zeit für mich selbst. Aber das ist nur kurz. Dann wieder lernen und Sport und so. Dann auf meinem Zimmer sitzen und dann Abendessen. Wir haben keine Töpfe, sondern Stahlwannen, in denen das Essen ist. Die Teller und Becher sind aber ganz normal. Nach dem Essen wieder Zeit für uns selbst, und auch länger. Man kann auch Sport machen, allerdings ruhiger. Denn das Abendessen liegt schwer im Bauch, und sonst musst du kotzen. Wir dürfen auch fernsehen. Das ist der schönste Teil am Tag. Einfach mal schön nichts. Um zehn Uhr muss ich in mein Zimmer und um elf Uhr muss das Licht aus. Wenn man das anlässt, werden sie böse. Und wenn man es dann noch nicht ausmacht, wird man bestraft. Also mache ich meine Lampe aus und lese manchmal am Fenster. Aber alle Comics hier kenne ich schon. Manchmal kann man mit einem Pfarrer oder einem Therapeuten reden, aber das brauche ich jetzt nicht. Ich warte, bis ich nach draußen darf. Ich lerne für die Autowerkstatt. Da arbeite ich später den ganzen Tag. Und wenn es dann dunkel ist, komme ich ganz verschmiert heim und gehe lange unter die Dusche. So lange, dass auf dem Flur draußen eine Dampfwolke ist, wenn ich aus dem Bad komme. Meine Frau sagt dann: Dusch doch nicht immer so lange. Und dann sage ich: Das ist doch wohl meine Sache. Dann essen wir. Etwas, was sie gekocht hat, aber oft gehen wir auch essen. Dann schnippe ich mit den Fingern und sage: Ober, bring mir das Teuerste, was du hast. Und das macht er dann, denn ich habe Geld. Und zu Hause schlafe ich warm in meinem Bett mit meiner Frau in den Armen. Und dann sagt sie: Ich liebe dich. Und dann sage ich: Ich liebe dich. Und dann sie wieder, bis wir schlafen und am nächsten Tag aufwachen. Und wir haben auch Kinder, aber erst später. Wer wohnt in unserem alten Haus? Wer wohnt in meinem Zimmer? Wo sind meine Sachen? Wenn ich draußen bin, will ich meine Sachen wieder. Sag einfach zu Mama, dass ich innendrin derselbe bin, aber dass ich manchmal seltsame Dinge tue, wenn der Blitz in meinen Kopf kommt. Das ist etwas von früher. Jetzt habe ich das nicht mehr. Jetzt bin ich ruhig. Das sagen alle. Hans sagt, ich hätte starke Fortschritte gemacht, aber draußen wäre es schwierig für mich. Zu viele Dinge und so. Aber was weiß er denn schon? Er kennt mich nicht draußen. Ich werde ihm mal was zeigen. Noch etwas warten. Wenn ich den Typen nicht geschlagen hätte, wäre ich vielleicht schon draußen gewesen. Ich hätte das nicht tun dürfen. Aber er hat immer Remi zu mir gesagt, weil ich fast nie Besuch habe. Jede Woche kommen Leute. Für alle. Aber nicht für mich. Ja, nur manchmal der Anwalt. Ich weiß noch, wie wir mit dem Schlauchboot auf dem See gefahren sind und dass wir Brötchen dabeihatten. Die waren nass geworden und mussten auf dem Bootsrand trocknen. Du bist bestimmt gut im Zeichnen, denn das machst du für die Schule. Was machst du, wenn du nach Hause kommst? Hat dein Haus einen Garten? Was esst ihr alles so? Hast du einen Computer? Hast du viele Freunde? Hast du schon Brüste gesehen? Wann kommt Papa wieder vorbei? Und kommt er dann oft? Und kommt Mama dann mit? Und du auch? Ich liebe euch. Sag das bitte allen. Und dass mir alles leid tut und alles. Ich werde gut sein, wenn ich in der Autowerkstatt arbeite. Dann bekommt ihr von mir Prozente. Hast du gute Noten? Was wirst du später? Hast du einen Hund? Wirst du selbst in einem Haus wohnen? Bekommst du viel Taschengeld? Siehst du viel fern? Kommst du vorbei? Du musst vorbeikommen. Man darf jede Woche eine Stunde. Man muss es fragen und dann darf man. Hast du oft Streit? Schlägst du Leute? Siehst du Dennis und Jirika und Pim manchmal? Was denken die von mir? Warum kommen sie nie vorbei? Sie sind doch Freunde? Sind sie böse? Das mit der Steinplatte war Pims Idee. Aber ein Auto gehört nicht zerschmissen. Pim sagte: Es ist dein Fahrrad, die Platte ist auf deinem Gepäckträger. Du musst sie fallen lassen. Ich wollte es nicht, aber alle sagten: Weichei Weichei. Und dann habe ich die Platte doch genommen. Ich habe ganz lange gewartet. Pim und Dennis und Jirika lachten. Sie sagten: Weichei. Und: Weichei, du traust dich nicht. Aber ich wartete, bis kein Auto mehr kam. Pim schaute über die andere Seite der Brücke. Es kommt kein Auto, sagte Pim, jetzt wirf schon. Und dann habe ich die Platte losgelassen und sie fiel. Das Auto war auf einmal da. Es fuhr so schnell. So schnell. Der Schlag war laut und ich hörte Glas. Das Auto knallte gegen die Leitplanke, und dann stand es quer. Pim und Dennis und Jirika lachten. Ich nicht. Ich wollte nach Hause. Ich rannte weg mit dem Fahrrad, und dann bin ich aufgestiegen. Pim und Dennis und Jirika rannten hinter mir her. Sie sagten: Du bist nachher der Arsch. Aber sie selbst wurden auch bestraft, hat Papa gesagt. Ich will keinen tot. Kleine Kinder gehören nicht tot. Das gehört sich nicht. Sie sagen, dass ich ein Mörder bin. Hans sagt, ich sehe nicht, was ich getan habe. Aber ich musste die Platte fallen lassen. Und dass ich Maurice mit der Stahlwanne geschlagen habe, war seine eigene Schuld. Er hat immer Remi gesagt, weil ich fast nie Besuch habe. Dann musste ich ins Time-out. Das ist ein Zimmer mit nichts, und wo niemand ist. Und wenn man etwas will, kommt niemand, und wenn man schreit, kommt niemand, und wenn man weint, auch nicht. Ich habe dich da ganz lang gerufen. Du musst mir helfen und mit den Leuten reden wie immer. Aber du hast nichts gemacht, denn du warst nicht da. Du musst vorbeikommen. Wenn du es fragst, dann geht es. Dann reden wir über später, wenn ich draußen bin und in der Werkstatt arbeite, und dass du dann mit deinem Auto kommst. Und dass ich zu meinen Chef sage: Das hier ist Juri, das ist mein Bruder. Und dann wischt sich mein Chef seine verschmierte Hand ab und schüttelt dir die Hand und dann guckt er stolz auf mich, weil ich froh über einen Bruder sein kann, der immer schreibt, aber keine Adresse hat. Aber jetzt schon, und jetzt schreiben wir uns oft und kommen uns auch besuchen. Schreib mir die Adresse von Mama, dann kann ich ihr einen Brief schicken und mich entschuldigen und es wiedergutmachen. Sag ihr, dass ich innendrin immer noch derselbe bin und dass der Blitz ruhig ist. Das kann sie Hans fragen. Der weiß das gut. Ich will auch mit in die Kirche, wenn sie das will. Ich kann still sein, das habe ich gelernt. Genau wie viele Dinge in der Schule, die sie draußen auch lernen. Niederländisch und Biologie und Rechnen. Ich kann auch ruhig sein und nicht schreien und um mich werfen, wenn ich auf jemand böse bin, sondern bis zehn zählen und sagen: Ich bin böse, ich gehe erst mal nach draußen. Es ist hier genau wie draußen, nur drinnen. Hier sind viele Türen. Eine darf erst dann auf, wenn die andere abgeschlossen ist. Durch die Flure zu gehen dauert hier sehr lange. Ich muss immer warten, bis die Leitung die Schlösser aufmacht. Man kann hier nicht laufen. Nur Runden. Nachts höre ich die Stille. Stille macht mich rappelig. Aber wir müssen lernen und nachdenken über das, was wir getan haben. Ich bin kein Mörder. Ich habe eine Steinplatte fallen lassen. Das ist jetzt ein Jahr her. Dann wird die Mutter wohl nicht mehr so oft daran denken müssen. Du musst das zu Hans sagen. Du hörst nur zu. Ich wusste das mit dem Auto nicht. Niemand versteht, dass ich einfach zu Hause wäre, hätte die Frau kein Kind gehabt. Du hast mich immer angerufen. Aber hier darf man kein Handy haben und ich war nicht zu Hause. Ich war da schon eingesperrt. Ich konnte dich auch nicht mehr anrufen. Deine Nummer ist in meinem Handy gespeichert. Du musst vorbeikommen. Du kommst vorbei und dann gehen wir in die Besucherstunde und dann sitzt du an dem Tisch und ich auch, und dann stehe ich auf und schreie: Das hier ist Juri, er ist mein Bruder! Und das hören dann alle, und alle klatschen. Komm vorbei. Alle sagen, ich hätte keinen Bruder und auch keine Mutter, sonst würden die nämlich kommen. Aber jetzt kommst du und dann lache ich laut und dann wissen alle, dass ich recht habe. Wenn ich schlafe, läufst du Runden in meinem Kopf. Schon seit ich dein Paket mit allem bekam. Ich werde für ein Geschenk für dich sparen. Der Junge neben mir hat lauter Karten. Du darfst es keinem sagen, aber ich nehme eine für dich und dann schicke ich sie dir. Das geht jetzt, denn ich weiß, wo du wohnst. Und dann schreibe ich drauf, dass ich Papa lieb habe und dass er oft vorbeikommen soll. Und dann will er das vielleicht. Jetzt muss ich aufhören, denn ich muss zu Abend essen. Ich schicke dir den Brief und dann musst du wieder schreiben, sonst macht es keinen Spaß.

Dein Bruder Stefan

FÜNF
ANFANG OKTOBER

Donnerstag, 6. Oktober

Hallo Stefan,

das hier ist mein letzter Brief, das verspreche ich. Aber ein Mal muss es noch sein. Am liebsten würde ich dir erzählen, was ich denke, aber vielleicht klappt das nicht. Oder ich traue mich nicht. Und ich werde nichts mehr verstecken, also deshalb so.

Ich habe den Stein bekommen, zusammen mit deinem Brief. Schade, dass du ihn nicht haben willst. Papa hat ihn für mich an eine Kette machen lassen. Die trage ich jetzt um den Hals.

Es ist kalt hier. Ein rauer Wind weht und es nieselt. Aber das passt schon. Es wäre auch merkwürdig, wenn ich auf dem Friedhof hier herumträllern würde, weil die Sonne scheint.

Ich sitze an den Stamm einer großen Tanne gelehnt, die hier zwischen den Gräbern steht. Bis jetzt ist es trocken geblieben unter den Zweigen. Auf dem Kies sitzt man nicht sonderlich gut, na ja, ist nun mal so. Ich muss dir schreiben. Hier. Jetzt. Manchmal kann es nicht warten. Aber ich störe niemanden. Ich bin allein. Der einzige Lebende, meine ich. Und das Geräusch der Regentropfen macht mich ruhig. Dann kann ich besser schreiben.

Ich habe deinen Brief gelesen, Stefan. Und ich freue mich. Du willst mich sehen. Man sorgt für dich. Und du lernst. Das finde ich schön. Aber was du schreibst, macht mich auch traurig. Ich hatte so gehofft, du hättest ein herrliches Leben in einem schönen Haus. Und bestimmt geht es dir jetzt gut, aber ich hatte gehofft, es ginge dir superfantastisch. Und das tut es nicht.

(Du findest es doch nicht schlimm, dass ich das ~~sage~~ schreibe?)

Du schreibst: Es tut mir leid. Aber du hast auch schon wieder jemand wehgetan. Wie kann das sein? Hast du nichts gelernt? Tut es dir wirklich leid oder schreibst du das bloß? Was soll ich denn damit, Stefan?

Vielleicht fragst du dich schon die ganze Zeit: Warum hockt der Junge da zwischen den Gräbern? Ist er verrückt geworden? Ich werde es dir erzählen. Das hier ist ein ganz besonderer Ort. Jelle liegt hier begraben.

Ich bin bei seinem kleinen Grab gewesen. Es liegt am Rand des Friedhofs, nahe an der Kirche, da ist er gut behütet. Ich wollte schon eine ganze Weile hierher. Nein, das ist nicht gruselig. Ich finde es schön, dass ich ihn hier besuchen kann. Ich hatte einen kleinen Blumenstrauß gekauft, und den habe ich bei seinem Stein hingelegt. Zusammen mit einer Karte. Auf die habe ich geschrieben:

Ich finde es ganz schlimm, dass du tot bist. Vielleicht, wenn ich besser aufgepasst hätte, wäre es nicht passiert. Er ist schließlich mein Bruder. Wenn ich etwas tun könnte, um es besser zu machen, würde ich es tun. Aber mehr als diese Blumen und diese Karte hier fällt mir jetzt nicht ein.

Der Bruder von Stefan

Nachdem ich das aufgeschrieben hatte, überlegte ich mir, dass ich auch einen Brief an Jelles Eltern schreiben könnte. Das habe ich noch nicht getan. Vielleicht können wir das zusammen machen.

Wie wäre es gewesen, wenn kein Auto angekommen wäre, als du die Platte losgelassen hast? Ich denke oft darüber nach. Wenn die Steinplatte auf dem Asphalt zerschellt wäre und du einfach nach Hause gegangen wärst. Kaffee trinken, fernsehen und ins Bett. Dann der nächste Tag und sonst nichts.

Wo wären wir dann jetzt? Einfach daheim in unserem alten Haus? Zu viert? Hätte sich nichts geändert? Oder wäre etwas anderes Schlimmes passiert?

Mama hat mich vor ein paar Monaten gefragt: Wenn Stefan jetzt – nach allem, was geschehen ist – wieder auf der Brücke stehen würde, mit der Platte in der Hand, was würde er dann tun? Ich habe gesagt, du würdest die Platte zurücklegen und nach Hause radeln. Aber das war gelogen. Ich habe gesagt, was ich sagen wollte, weil ich es so haben wollte, weil Mama es so hören wollte. Denn du würdest die Platte nicht zurücklegen, das weiß ich eigentlich sicher.

Ich würde mir wünschen, dass du vorsichtiger bist. Dass du nicht das Erste tust, was dir in den Sinn kommt. Gefährliche

Sachen, Sachen die wehtun. Dass du nachdenkst, bevor du etwas sagst. Dass du nicht zuschlägst, wenn dich jemand auf die Palme bringt.

Und dann habe ich es auf einmal kapiert.

Auch diese Dinge machen dich zu dem Stefan, der du bist. Ohne wärst du nicht du selbst. Dann wärst du nicht mein Bruder. Und ich will nur dich als Bruder, keinen sonst. Schau, ich will nicht, dass du jemandem wehtust, das will ich dir deutlich ~~sagen~~ schreiben. Aber ich will doch dich als Bruder. Dich voll und ganz. Nicht nur einen Teil, den Teil, der nett ist. Den Teil, von dem alle sagen werden: Was für ein guter Junge ist das, dieser Stefan. Das wäre unehrlich. Eine Lüge.

Ich werde mir Mühe geben, dich voll und ganz zu lieben. Das verspreche ich. Aber willst du dann auch mich voll und ganz liebhaben? Den Juri, der leidet wegen dem, was du getan hast?

Ich fahre gleich zurück nach Hause. Ich habe eine Verabredung mit Papa. Wir fahren zusammen mit dem Auto zu dir.

Als ich böse nach oben gegangen war, nachdem Papa mir erzählt hatte, was alles passiert war, habe ich es am nächsten Morgen wiedergutgemacht. Ich fand es natürlich unfair, dass er ohne mich bei dir zu Besuch gewesen war. Aber mir war klargeworden, dass zumindest du dich gefreut hast, dass Papa dich besucht hatte. Dafür hat es sich gelohnt, dass ich eine Weile böse sein musste. Als ich wach wurde, habe ich meine alten Briefe und meine neuen, zusammen mit dem Donald-Duck-Strip, dem Hüttenzettel, dem Schokoriegel und dem Stein, gut verpackt. Danach bin ich nach unten gegangen. Papa lag angezogen auf dem Sofa und schlief. Das Fenster war gekippt und es war kalt im Wohnzimmer. Ich habe das Paket auf den Tisch gelegt und von oben Papas Bettdecke geholt und über ihn gelegt. Papa schlief ruhig weiter. Ich setzte mich zu ihm. Ich lauschte seinen Atemzügen. Die waren langsam und tief. Es machte mich ganz ruhig. Als ich da so saß, sah ich mich auf dem spiegelnden Bildschirm des Fernsehers. Eine Weile habe ich mir das angeschaut. Diesen Jungen, der bei seinem schlafenden Vater saß. Der Junge ähnelte mir. Aber ich war noch nie er gewesen.

„Was hast du da?", fragte Papa, nachdem er aufgewacht war und das Postpaket auf dem Tisch stehen sah.

„Für Stefan", sagte ich.

„Schön", sagte Papa.

„Ja?"

„Ich bin sicher, dass er sich sehr darüber freuen wird."

„Wenn Stefan mich sehen will", fragte ich, „kommst du dann mit?"

„Nichts lieber als das", sagte Papa.

„Noch eine Sache", sagte ich.

„Was denn?", fragte Papa.

„Du darfst das Porto bezahlen. Heb mal, wie schwer das Paket ist!"

Wir werden bald zu dritt an einem Tisch sitzen, Papa, du und ich. Dann gebe ich dir diesen Brief. Meinen letzten. Ab jetzt komme ich dich nämlich besuchen.

Ich hatte dich verloren, Stefan. Aber ich habe dich gefunden. Dich voll und ganz.

Juri.

... LASS MICH DIE STÄRKE DEINER SCHMERZEN SPÜREN, DASS ICH MIT DIR TRAUERN KANN.

STABAT MATER DOLOROSA

„Ab heute mache ich es mir zur Aufgabe, *alle zu enttäuschen.*" Immerhin kommt Boudewijn der Forderung seines Vaters nach, Tag für Tag von seinen Stimmungen, Erinnerungen und Gedanken Zeugnis abzulegen. Widerstrebend, weil so etwas doch peinlich ist mit sechzehn. Und was kommt zutage, wenn er sich über seine gegenwärtige depressive Verfassung hinaus an die Vergangenheit vor und nach dem Selbstmord seiner Mutter erinnert? Manchmal nichts als maßlose Wut, riesengroße Angst, Verweigerung und Isolation. Aber immer öfter auch Verständnis, Humor und ein distanzierter Blick auf sich selbst. Und schließlich ist da ja auch seine kleine Schwester Fussel, die einfach nur für ihn da ist, wenn er es braucht. Und Pauline. (Wenn sie nicht solche Erwartungen hätte, müsste er nicht ausgerechnet sie erst mal enttäuschen.)

"Je knapper, desto eindrücklicher sind seine Berichte. In spröder Lakonie seziert er seine Gefühle, einfach und eindringlich berichtet er von seiner Liebe zu Pauline, die er einmal brutal verletzt hat. In berührenden Bildern schildert er seine Angst und seine Einsamkeit, und zugleich bewahrt er sich trotzdem ein Stück Selbstironie und Sarkasmus."

Deutschlandradio Kultur